슬픔이 환해지는 순간

# 슬픔이 환해지는 순간

초 판 1쇄 2023년 10월 27일

지은이 김해안
펴낸이 류종렬

펴낸곳 미다스북스
본부장 임종익
편집장 이다경
책임진행 김가영, 신은서, 박유진, 윤가희, 윤서영, 이예나

등록 2001년 3월 21일 제2001-000040호
주소 서울시 마포구 양화로 133 서교타워 711호
전화 02) 322-7802~3
팩스 02) 6007-1845
블로그 http://blog.naver.com/midasbooks
전자주소 midasbooks@hanmail.net
페이스북 https://www.facebook.com/midasbooks425
인스타그램 https://www.instagram/midasbooks

© 김해안, 미다스북스 2023, *Printed in Korea*.

ISBN 979-11-6910-353-4 03810

값 17,500원

미다스북스는 다음세대에게 필요한 지혜와 교양을 생각합니다.

# 슬픔이 환해지는 순간

김
해
안

산
문

미다스북스

# 봄날의 기운처럼 만개하는 빛 프롤로그

　왜 망각의 힘은 슬픈 기억 앞에서만 무력할까. 과거를 떠올리면 자꾸만 어두운 기운이 몰려왔다. 그러다 보면 원망이나 두려움 같은 암흑처럼 짙은 색의 감정이 휩쓸 듯이 몰려와 내 안을 차지했다. 버겁고 묵직한 기억들이 내게 진득하게 붙어 있으므로 종종 우울한 날이 찾아왔다. 음울했던 기억 따위는 없었다는 듯이 말끔하게 벗어나고 싶은데, 언제까지 지난날에 붙잡힌 채로 살아야 할까. 아무리 모른 척 앞으로 나아가려고 해도 슬픔에서 비롯된 감정은 자꾸만 말을 걸었다.

광활한 곳에 외롭게 남겨져 어둠의 잔영을 복기하고 있는 나를 자주 발견했다. 그때마다 과거와 제대로 작별하지 못했다는 사실을 알았으면서도 안개처럼 모호하게 살았다. 과거를 대하는 나의 태도는 우유부단했고 비겁했고 무엇보다 무책임했으므로. 그래서 과거에 편지를 전하고 싶었다. 안부를 묻고 소식을 전하는 마음을 보내고 싶었다. 그건 정말로 다 지난 일이라고, 더는 미련을 두지 않아도 된다고, 체념이나 포기와 같은 약간은 패배의 성격이 묻은 채로 내버려 둔다고 해도 상관없다고. 괜찮아질 수만 있다면, 제대로 흘려보낼 수만 있다면 그걸로 충분하다고 말해 주고 싶었다. 그리고 실제로 무엇도 혼재되지 않은 오롯한 오늘을 맞이하고 싶었다.

붙잡지 않고 살아도 되는 기억들은 하나씩 내려놓고 차라리 기록하기를 결심한 날부터였을까. 종이 위에 써 내려간 내가 가진 슬픔은 차츰 왜소하고 빈약해져 갔다. 반대로 반갑고 즐거웠던 장면이 번뜩 다가와 눈을 맞추는 순간들이 늘어났다. 어두운 기억 속에서도 시들지 않은 빛으로 남은 순간들이 어둠의 이면 곳곳에 숨겨져 있었다. 둥근 달처럼 밝은 기억이 존재한다는 걸 발견하는 날이면 하루 전체가 더 역동적으로 움직였다. 더 나은 내가 되고 싶다는 결심이 평소보다 높은 고도에 둥실둥실 올라가 요동쳤다.

언젠가 동해로 여행을 갔다가 느린 우체통에 엽서를 부친 적이 있었다. 일 년이나 느리게 배달될 말들을 쓰면서 미래의 시간에 머물고 있다는 기분이 들었다. 이 책에 담길 원고를 쓰며 오늘도 나에게 닿을 편지 같은 글을 썼다. 과거를 겁내지 않고, 슬픔에 동요하지 않고, 그런 감정을 가졌던 나를 가만히 펼쳐 놓고 글로 썼다. 그러는 동안 내가 가진 상처의 크기가 옅어지고 있다는, 뭐라 설명하기 어려운 용기를 느꼈다. 이렇듯 슬픔이 잦아들고 불안을 잠재우는 시간이 포개지다 보면 어느 날엔가 과거에서 반가운 소식이 들려올 것 같다. 비로소 괜찮아지고 나아지고 있다는, 봄날의 기운처럼 만개하는 빛이 쏟아질 거라는 답장이 도착할 것만 같다.

# 목차

2부 + +

# 흩어진 눈송이가
# 남긴 자리

3부 + + +

# 시들지 않는
# 빛이 된 기록

1부

✦ ✳ ✦

눅진한 슬픔이
다가올 때

# 나를 보채던 옥상

꽤 오랫동안 3층짜리 작은 빌라에서 살았다. 낡은 건물이었지만 한 가지 좋은 점도 있었는데 그건 옥상이었다. 답답한 날이면 옥상에 자주 올라갔다. 해가 지는 오후에는 노을이 지는 풍경을 구경하기 좋았고 아주 캄캄해진 밤이면 어둠 속에 숨겨진 별을 찾아보기에도 적합한 곳이었다. 하늘에서 함박눈이 선물처럼 쏟아질 때면 옥상은 작은 눈밭이 되기도 했다. 덕분에 나는 아무도 밟지 않은 깨끗한 눈을 자주 밟아볼 수 있었다. 열대야가 기승을 부리는 한여름 밤이면 계단 옆에 세워둔 돗자리를 펴고 누워 있기도 했다. 그러면 대낮의 열로 데워진 바닥이 온돌같이 뜨끈해지고 해가 넘어간 산자락에서는 시원한 바람이 불어와 기분 좋게 얼굴을 간지럽혔다.

옥상에 대한 추억은 이토록 어여쁘게만 남을 줄 알았는데 아쉽게도 그곳과의 엔딩은 새드였다. 시간이 흘러 동네 주변의 풍경이 달라지기 시작하면서 옥상의 기억은 조금씩 초조함으로 바뀌기 시작했다. 내가 살던 빌라 주변으로 하나둘씩 아파트가 지어지더니 결국 사방을 둘렀다. 마치 동네를 둘러싼 성곽 같았다. 그 안에 덩그러니 남겨진 빌라들은 아군의 보호를 받는 게 아니라 적의 표적이 된 듯했다. 옥상에서 보이던 산등성이는 자취를 감추고 브랜드가 붙은 아파트 조명만이 반짝거렸다. 바로 옆에는 금빛 로고가 박힌 아파트와 형형색색의 새로운 아파트가 또 지어졌다. 그 덕분에 이전에는 없던 초등학교, 관공서, 상가 건물들이 생겨서 생활은 편리해졌지만 쉬지 않고 개발되는 동네와 달리 멈춰 있는 빌라들을 보면 매일이 불편했다.

"동네의 경치는 나를 보채기 시작했다."

조금씩 현란해지는 마을의 풍경은 쉴 새 없이 나를 다그쳤다. 저 멀리 있는 아파트 창문의 개수를 세어보며 저렇게 많은 아파트 중에서 왜 우리 집은 없는지와 같은 불온한 생각이 내 뒤를 밟았다. 그렇게 매번 뒤만 밟던 생각은 가끔 나를 앞지르기도 해서 눈만 뜨면 시야에 들어서는 아파트에 시달리며 사는 듯했다. 어떤 날에는 아파트도 빌라도 없는 어디론가 질주하고 싶다는 생각이 들기도 했다. 그냥 좀 내버려 둬. 불온한 생각이 나를 뒤덮을 즈음에 그토록 좋아했던 옥상은 아파트를 가장 정확히 볼 수 있는 전망대가 되었다. 옥상에 머무는 시간은 점점 혹독해졌고 다정하고 운치 있는 공간이 아니게 되었다. 그럴 수 없게 되었다.

옥상이 좋았던 건 단순히 날씨 때문만은 아니었다. 옥상에는 엄마와의 추억이 많이 깃들어 있었다. 여행을 자주 가지 못했던 우리는 돗자리에 위에 누워서 별을 헤아려보기도 했다. 여행을 떠난 듯한 들뜬 기분이 되어 평소보다 진솔한 얘기를 나눌 때가 많았다. 오래 웃었고 자주 울었던 공간. 애틋하게 간직하게 될 이곳에 세상에 대한 미움과 원망이 비집고 들어오게 두고 싶지 않았다. 그래서 옥상에 오르는 발길이 조금씩 잦아들었다.

이때는 아파트에 살기만 하면 아무런 걱정 없이 해맑고 명랑한 사람처럼 살 수 있을 거라 생각했다. 하지만 아파트에 살게 된 내 일상은 그때와 크게 다르지 않다. 거대한 아파트 정문을 통과해서 집으로 들어가기만 하면 세상의 웬만한 일들은 아무렇지도 않게 이겨낼 거라 착각했지만, 아직도 집으로 향하는 걸음은 묵직하다. 어른이 된 지금도 여전히 아무것도 아닌 일에 화가 나기도 하고 별거 아닌 말 한마디에 눈물이 그렁그렁 맺히기도 하니까.

그럼에도 불구하고 그 시절엔 하늘과 가장 맞닿은 옥상이 있어 지치고 고달픈 날이면 애틋한 위로가 되었다. 숨고 싶을 때가 있으면 숨겨 주었고, 울고 싶은 날이 있으면 기꺼이 자리를 내어주었다. 시선이 자꾸만 높은 곳으로 향하는 옥상에 올라서기만 해도 위축된 어깨가 활짝 펴졌다. 태양 빛 아래서 하릴없이 서성이다 보면 덩달아 찬란한 미래를 꿈꾸게 되었다. 때로는 높은 곳에 떠 있는 구름 모양에 낭만적인 상상을 그려 넣어 시시한 시간을 산뜻하게 꾸미기도 했다.

과거에 쌓아온 기억들이 모여 현재의 자신이 되는 거라

면, 옥상과 나의 엔딩은 아직 끝나지 않은 것인지도 모르겠다. 그곳에서 꿈틀거리며 시작된 나의 이야기가 지금도 이어지고 있으니까. 그날의 풍경을 이렇듯 아름답게 품고 살고 있으니 말이다. 기억은 바람결처럼 세월을 건너 오늘의 내게 닿아 여전히 머물고 있으니 말이다.

# 세모의 틀, 세모의 품

어떤 방법으로 설명하면 좋을까. 어린 시절의 나는 발끝으로 세모를 그리며 살고 있다는 생각을 했다. 예전에 했던 대부분의 잡념은 언젠가 어른이 되어 세모의 틀에서 벗어나게 되었을 때의 삶을 그려보는 것이었다. 독서실에 앉아 빈 노트 위에 볼펜 촉으로 새까만 점 세 개를 찍어본 적도 많았다. 나를 가두고 있는 세모가 결코 훗날까지 이어지지 않을 것이라는 확신이 드는 날일수록 공부하기가 수

월했다.

　꼭짓점을 세 개 찍어놓고 그 점을 순회하며 사는 삶. 단조롭고 단순한 세상이 확장되지 않고 교복을 입은 채로 멈춰 버릴까 봐, 설마 그 안에서 제대로 기지개 한번 켜보지 못하고 갇혀 버릴까 봐 목이 메는 것 같았다. 그러다 어떤 날에는 차라리 내가 머무는 세모가 쪼그라들어 그 안에 갇힌 나까지 사라지게 해주었으면 하는 반대의 생각이 들기도 했다.

　지긋지긋하게 되풀이되던 세 개의 꼭짓점. 어렸던 나는 기약 없는 세모를 대책 없이 견뎌야 했다. 첫 번째 꼭짓점은 우리 집이었다. 아쉽게도 학창 시절 내내 우리 집은 화목하지 못했다. 어쩌다 소음이 아니라 웃음이 들리는 날이 오히려 불안했다. 잔잔한 평온이 언제 뒤집힐까 하는 걱정이 은연중에 겹쳐졌다. 그런 날이 반복되면서 점차 소음과 웃음을 구분하기 애매해졌다. 그러다 언젠가부터 둘의 경계선을 긋는 일에 소홀해졌는데 웃음과 소음이 자리다툼을 할 적마다 덩달아 동요하는 내 감정을 알아챘기 때문이다. 소음이 뒤따를 웃음이라면 기다릴 필요가 없다는 포기에 가까운 결론에 이르렀다. 어차피 양쪽 다 머릿속을 울리게 할 진동이 될 테니.

두 번째 꼭짓점은 학교였다. 버스를 타기엔 정말 모호한 거리에 있었는데 버스로 두 정거장 되는 거리였다. 버스를 타면 걷는 시간이 줄어들긴 했지만 결국 내려서도 오르막길을 10분 넘게 걸어야 했기에 그냥 걸어 다니기를 택했었다. 그래서 몇몇 친구들은 차라리 확실하게 먼 고등학교를 선택해서 버스를 타고 다니기도 했다. 그건 아까움의 감정 없이 버스를 타고 다니기 위함이었다. 왠지 우리 동네 친구들은 유독 일찍 철이 들었다.

고등학교 때는 가만히 앉아서 공부했다는 사실 말고는 딱히 기억 나는 게 없다. 다만 한 가지 선명하게 간직하고 있는 건 좋은 선생님들을 만났다는 사실이다. 선생님들은 한결같이 학생들에게 헌신적이었다. 그건 누구나 쉽게 누릴 수 없는 엄청난 행운이었다. 우리는 어리다고 해서 모르지 않았다. 그건 공적인 업무가 아니라 사적인 마음을 내어준 보살핌이었다는 것을, 그들이 우리에게 내민 정성은 그들이 해야 할 몫의 필요 이상이었다는 것을 누구라도 눈치챌 수 있었다.

세 번째 꼭짓점은 도서관이었다. 우리 집과 학교 사이를 반으로 나눈 절묘한 장소에 자리 잡고 있었는데 이곳에서 보낸 날이 셀 수 없이 많았다. 공부할 때나 책을 읽을 때 말고도 날씨가 덥거나 추울 때도, 혼자 있고 싶은데 갈 곳이 없을 때도, 심지어는 그냥 이유 없이 심심할 때도 도서관에 갔다. 열람실에서 공부할 때는 시야를 막는 칸막이 자리보다 삼면이 개방되어 탁 트인 자리를 좋아했다. 처음에는 누군가 지켜보고 있다는 생각에 딴짓을 하지 못해서 그 자리를 좋아한다고 생각했다. 하지만 시간이 흘러서는 홀로 공부하는 게 외로워서, 누구라도 옆에 있어 주길 바라는 심정으로 넓은 자리를 고집하고 있다는 걸 알았다.

그토록 세 개의 꼭짓점에서 벗어나고 싶었는데 이상하게도 정작 세모를 깨뜨리고 나서는 그곳이 다르게 보였다. 세모를 벗어난 세상은 관대하지 않았다. 지속적으로 절박한 마음이 들게 했다. 삶의 범위와 궤적을 부지런히 넓히느라 정작 내 모습은 사그라드는 것 같기도 했다. 그제야 세모 안에 있어서 험난한 바람을 피할 수 있었다는 생각이 들었다. 세모의 품 안에 있었기에 세상의 모진 바람 앞에서 덜 휘청거리고 내면을 단단히 다질 수 있었다. 그 덕분에 내가 살고 싶은 삶의 모양을 그려볼 수 있었다.

세모 안에서 살던 날들이 마냥 행복했던 건 아니었지만 그래도 나를 낭떠러지로 내몰았던 차가운 기억은 없었다. 자식을 위해서라면 어떤 고생도 마다하지 않는 엄마가 있었고, 진심으로 학생들이 평온한 삶을 살길 바라는 선생님을 만났다. 때마침 내가 고등학교에 입학할 즈음에 문을 연 도서관까지. 마치 모든 게 나를 위해 준비된 것 같았다. 세 개의 꼭짓점은 나를 가둔 게 아니라 품고 있었다. 내가 시들지 않고 피어나길 바라며 소리 없이 안아주고 있었다. 세모의 품이 없었다면 울퉁불퉁하고 험난한 궤적을 그리며 살았을지도 모른다. 외딴곳에서 길을 잃고 여전히 헤매고 있을지도 모른다.

발끝으로는 끊임없이 세모 모양의 동선을 그리면서도 마음으로는 희망을 반복해서 그리는 방법을 배운 것 같다. 어쩌면 그렇게 꿈을 덧칠해온 날들이 지금까지도 계속 꿈꾸게 만드는 동력이 된 것인지도 모른다. 예전에는 과거의 어두웠던 기억에 너무 많은 마음을 덕지덕지 붙여 놓고 살았는데, 지금은 장마가 지나고 어느덧 말끔해진 창문으로 세상을 보는 것처럼 해맑은 장면만 또렷하게 피어난다. 여전히 어린 시절의 기억이 나를 불러 세우는 날이 많으므로. 세모는 작고 좁았지만 그만큼 나를 견고하고 밀도 있는 사람으로 만들어 준 듯하다. 세모에서 시작된 내 걸음은 아직도 멈추지 않고 계속 나아가고 있다.


"나를 가둔 게 아니라 품은 거였어."

# 소주 한 모금

딱 한 달이었다. 내가 이런 상황에 나를 아무렇게나 내버려 두고도 용인할 수 있는 기간. 그러니까 다음 날이면 아무것도 남지 않는 술자리에 시간이 어떻게 흘러가든 말든 나를 방치할 수 있는 기간은 한 달 정도였다. 네 시간 가까이 버스를 타고 통학을 하는 주제에 막차 시간까지 알뜰하게 챙겨 나름대로 열심히 술자리를 지키고자 애를 썼지만 또렷하게 기억나는 것도 남는 것도 없었다. 심지어

왜 모여서 술을 마시게 되었냐는, 야단이 아니라 정말이지 단순히 대학 생활이 궁금해서 하신 엄마의 물음에도 아무런 답을 하지 못했다. 대체 술을 왜 마신 거지?

처음에는 사람들을 따라 아무렇게 마셨다. 겉보기에 멀쩡한 저 투명하고 맑은 물에 대체 뭘 탔길래, 사람들은 볼이 발그레해졌고 말이 많아지거나 반대로 느려지기도 했으며 마지막에는 천천히 이성을 잃어갔다. 술을 왜 마시는가에 대한 의구심은 점차 술을 마셔서 뭐 하나에 대한 회의감으로 번졌다.

가끔은 기억의 밭이 마음대로 파헤쳐져 군데군데 기억이 구덩이로 빠져나가기도 했다. 그러다 술을 마시고 다닌 그 한 달이 아깝다는 생각에 다다랐다. 아깝네, 아까운 시간이었네. 술을 잔뜩 마신 채 깜깜해진 창밖을 바라봤다. 달리는 버스 안에서 서울 야경을 바라보는데 창문에 비친 사람들의 표정도 나와 비슷해 보였다. 허전해 보이는 눈동자와 비에 젖은 우산처럼 지쳐 보이는 어깨. 집으로 향하는 버스에서 허공을 바라보는 날은 자꾸만 늘어났고, 그렇게 술은 내게서 멀어졌다. 내가 기억하는 술의 첫인상은 공허함이었다.

그러나 학생이 아닌 채로 마주한 술은 전혀 예상하지 못했던 모습이 되어 내게 다가왔다. 예전과는 사뭇 다른 국면을 마주하면서 술과의 관계를 다시 맺는 시작점이 되었다. 술이 가진 가장 뚜렷한 속성인 쓴맛이 느껴지지 않게 된 것이다. 비로소 술이 달게 느껴졌다. 술이 있으면 왠지 더 솔직해지고 용감해져서 말수가 늘어나기도 했다. 그래서인지 술자리에서 친해진 사람들과는 더 빨리 친해지는 것 같기도 했다. 모임이나 약속이 없어도 먼저 술을 찾게 되는 날이 늘어났다. 술에 대한 나의 입장이 달라진 이유가 대체 뭘까. 술맛이 다르게 느껴진 이유를 오래 고민했

고, 목욕탕에서 유레카를 외쳤다는 아르키메데스의 일화
처럼 어느 순간 단번에 깨달았다.

"속이 상해야 소주가 달더라고."

어른이 되고 나서는 먼저 술을 찾게 되는 날이 종종 생
겼다. 그런 날들의 공통점은 속이 상한 날이라는 것이었
다. 적당히 속이 상한 게 아니라 속이 무척 사무치게 상한
날에 소주를 마셔야 달게 느껴진다는 게 내가 내린 최종적
인 결론이었다.

술이 달아진 것을 넘어서 주종에 대한 기호가 생기기도
했는데 굳이 맥주와 소주의 포지션을 따지자면, 소주의 작
은 몸통 뒤에 감춰지지도 않는 맥주를 숨겨두고 싶었다.
적당히 날이 좋고 선선한 날에 맥주가 생각났다면 속상한
날에는 소주를 마시고 싶었다. 소주야말로 인생이 더 쓴지

술이 더 쓴지를 가늠하기에 적합했기 때문이었을까. 맥주를 삶의 어두운 면은 모른 채 해사하게 웃는 상태로 지켜주고 싶었다면 소주는 있는 그대로 인생과 맞서게 하고 싶었다. 응당 인생과 대적할 만한 상대는 시원한 맥주가 아니라 씁쓸한 소주인 것 같았다. 점점 써지는 삶을 기꺼이 소주로 응수하고 싶었다.

술기운이 제법 올라온 채로 밤거리를 걸을 때면 이렇게 어른이 되는 거구나 하고 실감이 났다. 그 감각은 무게감, 책임감, 부담감과 같은 종류의 도저히 정을 붙일 수 없는 감정들이었지만, 적당한 긴장에서 우리는 더 좋은 실력을 발휘하듯이 그런 감각들이 나의 잠재된 무언가를 자극하고 깨워줄 것 같았다. 사람들과 소주를 사이좋게 나눠 마시고 나란히 걷는데 어젯밤에 내린 눈이 길거리에 이리저리 남아 있었다. 적당히 해가 드는 곳의 눈은 금세 녹았는데 그늘이 진 곳은 딱딱한 얼음으로 굳어 경직되어 있었다. 행여나 넘어질까 싶어 비틀거리던 발길에 힘이 잔뜩 들어갔다.

술은 땅에 들러붙어 있는 얼음처럼 경직된 일상을 부드럽게 녹여 주는 존재라는 생각이 들었다. 사는 게 너무 춥고 쌀쌀맞고 그래서 자꾸만 마음이 경직될 때 찾아오는 반가운 균열이라고 할까. 술이 만들어 낸 빈틈을 노리고 스며든 사람들의 온기 덕분에 속상한 마음이 사르르 녹았다. 딱 소주 한 모금만큼의 작고 작은 따뜻함에 기대어 사람들은 조금씩 무장해제 되고, 서로가 가진 체온을 기꺼이 내밀게 되는 건지도 모른다. 결코 아까워하거나 아끼지 않고서. 고작 이 작은 술잔에 담긴 마음이 넘치도록 많았다는 것을 이제는 안다.

아무래도 울적한 날이면 어김없이 쓰고 달기를 반복하는 소주를 한잔 기울이고 있을 것 같다. 그러고 나면 소주가 건네준 몽롱한 마음을 무기 삼아 심술궂은 날들도 이겨 낼 수 있을 듯하다. 어떤 쌀쌀맞은 일도 기꺼이 아니 기어코 달게 삼킬 수 있을 듯하다. 물론 이런 생각이야말로 쌀쌀한 날씨에 술을 몇 잔 마셔서 술기운을 핑계 삼아 중얼거리는 푸념에 가까운 말이지만.

# 불안의 방향


대화창에는 어색한 대답만 오고 갔다. 정확히는 책임을 회피하려는 사람의 보여주기식 열심과 그런 사람을 상사로 둔 자들의 어쩔 수 없음이 오고 갔다. 다들 대화창을 보고 있기나 한 걸까, 누군가 물음을 던지면 대답이 돌아오는 데만 십 분이 넘게 걸렸다. 그렇게 열 번의 질문만 주고받아도 무려 한 시간가량 소요되었다. 대체 왜 이러고 있나, 다들 접속만 해놓고 다른 일을 하고 있겠지 하는 생각이 들 때쯤 병문안에 가야 한다는 한 팀원의 증명하기 어려운, 사람이 아프다는데 증명을 해보라는 식의 말을 도리상 하기 어려운 이유로 회의가 종료될 수 있었다. 어느덧 창밖의 배경은 일몰이었다.

부서 회의를 오랜 시간 한 이유는 이렇게 공을 들여 회의한 결과물이라는 사실을 자랑처럼 덧붙이기 위함이었다. 그는 퇴근 시간을 넘기고도 열심히 한다는 말을 들으면 뿌듯해했다. 동시에 혹시라도 일이 잘못되었을 때 책임을 떠넘기거나 책임을 동시에 짊어지기 위해 이런저런 증거를 남기기 바쁜 사람이기도 했다. 물론 이런 사람과 함께 일하는 건 불편했으나 삶에서 자신의 존재를 입증받는 방법은 여러 가지일 테니, 이해하기 어려운 그 사람의 노력까지 내가 간섭할 건 아니었다.

문제는 그 사람의 불안이 밑으로만 향한다는 것이었다.

그 사람이 가진 불안은 시야가 편협해서 엎질러진 물처럼 아래로만 향했다. 그러니까 위쪽으로는, 자신보다 높은 직급을 가진 이들의 방향으로는 불안이 작동되지 않았다. 팀원들에게는 업무에 차질이 생겨 계획과 어긋났을 때의 경우의 수를 꼼꼼히 따져가며 무언가를 끊임없이 요구했지만, 상급 부서의 말도 안 되는 요구사항에는 한없이 너그럽고 허용적이었다.

윗사람에게는 확연히 태도가 달라진다는 걸 처음 확인했을 때 그 민망함이 왜 우리의 몫이 되었는지는 모르겠으나 얼굴이 화끈거리고 홧홧해졌다. 그리고 시간이 지날수록 낯 뜨거운 마음이 그 사람을 적대시하는 태도로 서서히 바뀌었다. 어떤 불안은 다른 사람을 해하기도 한다는 걸 알게 되었다. 또 그런 불안의 전이가 사람의 마음을 상하게 만든다는 걸 깨닫기도 했다. 위로는 방향을 틀 수 없는 그 사람의 불안은 마치 반작용 원리처럼 아래쪽으로 더 세

차게 쏟아졌다.


"과연 나의 불안이라고 다를까."


오랫동안 그 사람의 불안을 지켜보며 많은 생각을 했다. 불안이 얼마나 사람을 보잘것없게 만드는지. 스스로를 얼마나 거대한 외로움에 몰아넣는지. 불안의 처지에서 보면 사람의 마음은 손쉬운 먹잇감에 지나지 않는다. 그렇다면 나의 불안이라고 다르지 않을 것이다. 부정적이고 불온한 감정에서 나 역시 예외일 수 없다는 생각이 들었다. 불안은 스스로만 곤경에 처하게 하는 게 아니라 다른 사람을 해치기도 한다는 걸 알아챘을 때 스스로를 의심하게 되었다. 나도 다급한 상황에서는 상대방의 위치와 직급에 따라 모습을 달리하고 있는 건 아닐까. 내가 불안을 느낄 때도 혹시 그 사람과 비슷한 모습이 나오지는 않는지에 대해 돌아보고 경계하게 되었다.

내 안에 불안을 초래하는 욕심, 분노, 갈증, 강박과 같은 감정의 목록을 살펴보았다. 내가 가진 불안은 무엇에서 비롯되고 또 어떤 모습으로 드러나는지에 대해 생각했다. 내가 의식하지 못한 사이에 나의 불안을 특정한 누군가에게 쏟아내고 있는 건 아닌지, 걱정과 고민이 수렴되는 지점에서 행여나 누군가를 상하게 하고 있는 건 아닌지.

그렇게 누구도 삶에 찾아오는 불안에서 자유로울 수 없다는 생각이 들자 그분이 안쓰럽다는 생각마저 들었다. 다시 그분을 만나게 된다면 원망 섞인 말보다 너무 걱정하지 말라는 깊은 위로를 전하고 싶다는 생각이 들었다. 불안 앞에서 흔들리지 않기 위해 우리는 자신을 신뢰하고 동시에 주변 사람을 소중히 여길 줄 알아야 한다는 말을 언젠가는 그분께 전하고 싶다.

# 병가로 인정되는 범위

"이런 것도 병가로 처리해줘야 하는 건가?"

그들의 논쟁은 병가에서 비롯되었다. 회사 출입증을 목
걸이로 맨 중년의 남성은 어느 팀의 팀장인 듯했다. 반대
편 테이블에서 건너온 너무나도 매력적인 그들의 논쟁거
리를 우리는 쉽게 외면할 수 없었다. 회사 출입증에 직급
이 쓰여 있는 건 아니었는데 여기서 그의 직급은 중요하지

않았다. 팀장이든 부장이든 간에 누군가의 업무를 결재해 주어야 하는 위치에 놓였으며 그로 인해 골머리는 앓고 있다는, 내 일이었을 때는 다소 귀찮고 피곤하나 남의 일이었을 때는 소소한 재미를 주는 상황이라는 게 핵심이었다.

시작은 이러했다. 팀원이 병가로 결재를 올린 것을 보고 그는 의아한 기분이 들었다고 했다. 그가 가진 상식으로 병가는 건강검진처럼 예정되어 있거나 최소한 감기라도 걸려서 몸이 아픈 상태, 말 그대로 정말로 사람의 몸을 상하게 하는 병과 관련되어야 했다. 그런데 누가 봐도 전날 간다던 술자리에서 과음하여 술병이 났고 그리하여 다음 날 출근 시간이 임박해서야 저 병가 쓰겠습니다, 하는 것까지 병가로 처리를 해줘야 하는가에 대해 하소연을 하고 있었다. 그의 당황스러움은 점점 기막힘으로 번져가고 있었다. 도무지 이해할 수 없는 후배의 결재 요청을 보고도 그는 아무런 말도 하지 못한 듯했다.

이곳에는 없지만 그런 상사의 반응을 은연중에 느끼고도 대수롭지 않은 척 결재를 받아야 하는 자의 어쩔 수 없음이 그려졌다. 어쩌면 그는 자신의 권리가 허락의 범주에 놓였다는 것에 대해 약간의 언짢음이 새어 나왔을지 모른다. 그와 함께 있던 비슷한 연배의 동료는 시대가 바뀌었으니 '꼰대' 소리 듣고 싶지 않으면 군말하지 말고 당장 병가로 결재를 해주라는 식의 충고를 했다. 답은 어느 정도 정해진 일이었다.

공감되는 주제를 들으며 여러 가지 생각이 들었다. 회사의 업무에 크게 차질을 일으키지 않는 선이라면 병가의 사유를 일일이 물을 필요가 없는 것 같기도 했다. 반대로 개인의 휴가는 인정할 수 있으나 병가나 연가처럼 휴가에도 목적과 성격이 정해져 있으니 그에 따라야 하는 것 같기도 했다. 그렇게 병가인지 연가인지에 관한 생각이 분분하기도 했으나 이런 안건이 논쟁의 주제로 올라온다는 자체가 개인의 자율성이 보호받지 못하고 있는 것이며, 세대 간에 공감대가 형성되지 않는 것이라는 지점에서 의견이 모였다.

예전에는 세대 차이라는 말을 정확히 이해하지 못했다. 신체적인 변화가 바탕이 되는 차이를 말하는 걸까. 어느덧 서른이 넘어가면서 세대 차이를 느끼는 순간이 잦아졌다. 그리고 세대 차이가 뜻하는 '차이'에 대해서도 어렴풋이 이해할 수 있게 되었다. 우연히 마주한 상사와 후배 사이의 틈을 어설프게나마 가늠할 수 있었던 것처럼. 그건 단순히 나이의 격차가 벌어지면서 생기는 감정이 아니었다.

세대 차이는 세대의 변화를 느끼는 쪽에서 더 또렷하게 알아챌 수 있었다. 그러니까 다음 세대에게 주류를 내어주고 밀려나는 처지에서 더욱 실감할 수 있는 정서라고 해야 할까. 우리 세대가 공유했던 주된 문화나 관습이 이제는 예전의 것으로 밀려나면서 찾아오는 묵직한 마음. 내 위치가 더 높은 자리이든 낮은 자리이든 간에 이제 사회의 중심이 아니라는 것을 감지할 때의 마음. 주류가 아닌 자리로 조금씩 이동하는 과정에서 미묘한 박탈감과 번잡함이 더해진다. 왠지 세대 차이라 명명되는 용어 자체에도 그런 울적함이 배어 있는 듯하다.

그럼에도 불구하고 신뢰가 바탕이 된 조직이었다면 어땠을까. 겉으로 보기에는 하나의 부서, 하나의 회사일지 몰라도 그것들을 지탱하는 것은 결국 낱낱이 흩어진 개인이다. 그러므로 조직은 결코 하나가 아니라 여럿이다. 그렇기에 개인의 입장과 생각이 볼품없는 것으로 취급되어서는 안 된다고 생각한다.

게다가 개인은 너무나 작고 조직은 커다랗다. 그렇게 크고 무거운 것들을 짊어지고 버텨야 하는 사람들은 의식하지 않아도 긴장과 중압감에 시달리며 산다. 그러니 서로를 믿는 편이 힘을 덜 들이고도 조직을 견고하게 만드는 방법이 될 것이다. 서로를 인정하고 존중하는 마음이 밑거름된다면 서로의 차이가 부각되는 게 아니라 각자의 장점이 더욱 주목받을 수 있지 않을까.

회사에 출근할 적마다 단단하게 매는 넥타이보다 서로에 대한 신뢰가 더 단단한 조직이 될 수 있도록. 그렇다면 사람들이 각자 견뎌야 할 업무의 무게는 그대로일지 몰라도 그걸 견디는 마음은 조금이나마 느슨해질 것이다. 그 시작은 아마도 너그러운 시선과 따뜻한 말 한마디가 될 것이다. 모두의 직장에서 모질고 모난 시선은 옅어지고 잠시의 온정이 깃든 말이 점점 짙어지기를. 서로에 대한 존중과 인정이 토대가 된다면 조직 내에서 개인이 가진 편협한 마음도 여유로워질 것이다.

# 날카로움보다 다정함

이십 대 중반에 사회생활을 처음 시작했을 때는 자기 할 말을 숨김 없이 할 줄 아는 사람이 부러웠다. 자신의 의사를 분명하고 확실하게 표현할 수 있다는 건 자신에 대한 확신이 선행되어야 가능한 일이었으니까. 그 자신감이 유난히 반짝거려 보였다. 그런 사람들은 대부분 자신과 의견이 갈리는 한 사람에게만 자기 할 말을 잘하는 게 아니었다. 다수의 사람이 모인 회의 때도 손을 번쩍 들고 자신의 의견을 야무지고 깔끔하게 제시할 줄 알았다. 그리하여 주변 사람들은 편했다. 불만은 있으나 속내를 제대로 말하지 못하는 처지인 사람들은 개운했다는 말을 회의의 후기처럼 남기기도 했다.

제 생각을 두루뭉술하게 말하고 자신의 감정을 대충 뭉개고 사는 게 아니라, 자신의 소신을 또렷하고 명확하게 피력할 수 있는 사람이 대단해 보였다. 뒤에서는 이런저런 불평을 토로하면서 앞에서는 아무렇지도 않다는 듯이 사는 사람보다 훨씬 멋지다고 생각했다. 그런 사람이야말로 조직에 꼭 필요한 존재이며, 나중에 연차가 쌓이면 나도 저렇게 내 생각을 주저하지 않고 말하는 사람이 되어야겠다고 다짐하곤 했다.

그렇게 불편하고 가려운 부분을 앞장서서 말해주니 편하긴 했는데, 문제는 그 사람을 떠올리면 왠지 모르게 불안했다. 불편이 아닌 불안. 그런 사람은 매사에 예민하고 날카로워서 작은 일에도 크게 흔들리는 것처럼 보였다. 위태로운 모래성처럼. 아주 약하게 입으로 부는 소소한 바람에도 와르르 무너질 것처럼 아슬아슬해 보였다. 간단한 용무가 있어서 그 사람을 찾을 때도 말을 꺼내기가 조마조마했다. 어떤 이유에서인지 알 수 없지만 이미 화가 나 있을 것 같았기 때문이다. 그래서 그 사람과는 소통하기 전에 마음을 단단히 먹는 것부터가 소통의 시작이었다.

나 역시 직장에서 보낸 햇수가 늘어나면서 불합리한 상황과 부당한 것들은 가늠할 수 있게 되었다. 억울한 처지에 놓일 때마다 사회초년생 때처럼 억울함이 참아지지 않았다. 예전보다 쉽게 화가 났고 짜증을 숨기지 못하는 날이 잦아졌다. 점점 나도 불안을 연상하게 만드는 사람과 닮아가기 시작했다. 한껏 날 선 채로 행동한 후에 사람들과의 관계는 어떻게 됐을까.

한 사람, 두 사람과 사이가 멀어지기 시작하자 모든 관계가 꼬이고 엉키기 시작했다. 어떤 사람과 있었던 불화는 단 하루가 지나기도 전에 나에게 불리한 쪽으로 부풀려 소문이 나기도 했다. 그 후로는 회사에서 아무리 많은 일을 하고 열심을 기울여도 요령을 피워가며 대충하는 사람이 되어 있었다. 그런 날이면 인간관계에 대해 고민이 커졌고 괜한 일에 마음을 낭비하고 있다는 생각이 들었다.

지금의 감정을 정제하지 않은 채로 거침없이 말해서 남을 돌아서게 하는 일은 오히려 쉽다. 자기 할 말을 마음대로 하는 일이야말로 어떤 노력도 필요하지 않은 일이었다. 그건 굳이 어떤 결심을 하거나 마음먹지 않아도 누구든 할 수 있는 일이었다. 상대방을 배려하고 헤아리기보다 자신만 생각하면 되는 간단한 일이었다. 내 감정을 다스린 후에 타인의 기분과 입장을 헤아리며 말할 줄 아는 사람이 훨씬 대단한 역량을 가진 사람이라는 것을 알게 되었다.

그런 사람이야말로 사람들의 진정한 인정을 받을 수 있다는 사실도.

상대방을 내게서 등 돌리게 하는 것보다 그의 마음을 얻는 것이 더 고되고 힘든 일이다. 그건 타인을 자신 만큼이나 존중하고 소중히 여기는 수고와 마음이 필요하기 때문일 것이다. 그래서 다정함이 배어 있는 말은 권위와 학식으로만 점철된 이기적인 사람의 말보다 훨씬 격조와 품위가 있다. 요란스럽게 드러내지 않아도 다정한 말에는 얼마나 짙고 깊은 힘이 담겨 있는지, 우리는 모두 알고 있다.

나와 다른 사람을 적으로 돌리기보다는 먼저 다가가 사로잡을 것. 누군가에게 먼저 손을 내미는 용기는 날카로운 말의 흉터보다 훨씬 오래 기억될 거라고 믿는다. 우리는 계속해서 타인의 입장이 되어 누군가의 타자로 서는 일이 반복될 테니. 우리는 누군가에게 받은 호의로 또다시 다른 사람에게 마음을 열게 되는 것일 테니.

"다정한 말의 여운은 날카로운 말의 흉터보다 짙다."

# 스티커 모으기 대작전


"오늘부터 스티커를 모으세요!"


초등학교 때 일이었다. 어느 날 칠판 옆 작은 게시판에 스티커 판이 붙었다. 선생님의 칭찬을 많이 받아서 스티커를 모으면 문화상품권이라는 굉장한 선물이 따랐다. 과자나 학용품이 아니라 돈의 개념과 가까운 상품권을 선물로 준다니, 그 보상은 너무도 크게 느껴져서 단순한 이벤트가

아니라 꼭 따내야 하는 내기처럼 느껴졌다. 그날부터 문화
상품권을 향한 외로운 경주가 시작되었다.

 겉으로는 키 작은 아이처럼 보이지만 초등학생 즈음이
면 보이지 않는 시선이나 관계를 가늠할 줄 알았다. 이를
테면 교실에서 누가 누구랑 친한지, 어떤 무리가 더 영향
력이 있는지 같은 설명하기 어려운 것들을 눈치껏 분간할
수 있었다. 그렇다고 자신이 인지한 바를 마음대로 말로
꺼내지는 않았다. 그런 마음들은 모르는 척해야 하고 드러
내서는 안 된다는, 누가 알아보기 전에 몰래 사그라들게
해야 하는 감정이라는 것까지 감지하고 있었으니까.

 아이들은 남의 마음을 그때그때 상황으로 미루어 알아
내는 요령을 금세 터득했다. 그런 아이들 앞에서 선생님의
칭찬을 받기 위해 노골적으로 애쓰기란 쉽지 않았다. 그런
데도 몇몇 아이들은 스티커를 모으기 위해 발표를 열심히

하기도 하고, 청소 당번이 아닌 날에도 바닥을 쓸거나 칠판을 지우기도 했다. 평소와 다른 행동을 하는 친구들을 보며 이질감을 느꼈다. 누가 봐도 스티커를 받기 위한 억지스러운 모습이라는 걸 알았지만 아이들은 일그러진 선행을 멈추지 못했다.

나라고 달랐을까. 선생님의 눈에 들기 위해 부단히 애썼다. 보상이 뒤따르는 선의를 친구들은 인정하지 않는다는 것을 알면서도 부지런히 착해 보이는 일을 찾아서 해냈다. 내 이름 옆에 붙은 형형색색의 스티커는 누구도 따라잡을 수 없는 속도로 순식간에 늘어났다.

그러는 사이에 나와 친구들 사이는 냉랭해졌다. 아마도 불편했겠지. 아이답지 않게 보상을 바라고 베푸는 선행이 얼마나 불쾌했을까. 사실은 나도 주변 친구들이 그렇게 생각하고 있다는 걸 짐작하고 있었다. 하지만 그렇다고 해도 상관없었다. 너희들은 문화상품권 따위는 필요하지 않으니까 그렇게 여유로운 거겠지. 내 상황에서는 다른 아이들의 마음까지 챙길 여유가 없다고 생각했다. 어렸을 때부터 체념해야 했던 일 중 하나일 뿐이라고 여겼다.

그렇게 친구들과의 관계를 단념한 채로 스티커를 모으는데 예상하지 못한 일이 생겼다. 경쟁자가 나타난 것이다. 그 아이는 나보다 훨씬 더 스티커에 몰두했다. 욕심이라는 추상적인 개념이 구체적으로 구현된 사람 같았다. 미안하지만 나조차도 그 아이의 말과 행동이 불편했고 때로는 안쓰럽기까지 했다. 선생님을 향한 과도한 칭찬이나 잘 보이기 위한 지나친 노력을 보는 게 조금씩 민망했다. 그러면서 스티커를 모으는 일이 조금씩 부끄러워지기 시작했다. 약간의 모멸감을 느끼고도 꿋꿋이 버티는 사람으로, 정확히는 내가 그 아이와 비슷한 한 쌍으로 묶이는 것을 견딜 수 없었기 때문이었다.

미움을 받는 당사자가 되었을 때보다 미움을 받는 자를 지켜볼 때 마음이 더 쓸쓸했다. 아등바등 허우적거리며 주변의 싸늘한 시선을 꿋꿋이 감내하는 그 아이가 애처로워 보였다. 따가운 눈초리를 받고도 모른 척하는 친구를 지켜 보며 그게 이토록 안쓰러운 일이라는 것을 알아챘다. 그제 야 내가 친구들의 따가운 말과 눈빛에 아파하고 있었다는 걸 알아챌 수 있었다. 그리고 더는 그런 상황에 나를 버려 둘 수 없었다.

드디어 스티커 모으기가 끝나는 날. 끝내 나는 스티커 모으기 레이스에서 지고 말았다. 분명 나를 밀어내고 이 긴 건 그 친구였는데 왠지 모르게 내가 미안한 감정이 들 었다. 그 아이를 어딘가에 매몰차게 두고 온 것 같아서. 아 무도 박수를 보내지 않고 누구도 축하해 주지 않는 파티에 혼자 내버려 둔 것 같아 두고두고 안쓰러웠다. 어쩌면 그 아이는 다른 아이보다 더 순수하고 투명했기에 본심을 숨기지 못한 것인지도 모른다.

나보다 더 애타게 스티커를 모은 남모를 이유가 그 아이에게 있었을 것이다. 그런 이유는 내색하지 않을수록 더 티가 많이 났다. 결핍에서 생성되는 간절함은 다른 감정과는 약간은 다른 빛을 띠어서 주변 사람들이 쉽게 알아채게 만든다. 그 아이는 남들의 눈살이 왜 찌푸려지는지 어떤 표정을 짓고 있는지 의식하지 못하는 듯했다. 나처럼 누군가의 미움까지 고려할 여유가 없었을 테니.

철 지난 낙엽 같은 기억이 그 아이에게도, 나에게도 소리 없이 사라지길 바랐다. 비록 그날은 외롭고 쓸쓸한 시간이었겠으나 그래도 스티커를 붙여서 맺은 결실과 같은 환한 순간만 남았기를. 그리고 수없이 많은 낙엽이 여러 번 떨어지고 어른이 된 지금은 경쟁하지 않아도 괜찮은 곳에서 온전한 평온을 독차지했으면 했다. 그 아이가 억지로

무언가를 하려고 애쓰지 않아도 괜찮은 사람들 품에 무사

히 도달했기를 바랐다.

# 보살핌의 마음

나보다 연약한 존재를 보살핌의 마음으로 대했던 나의 첫 기억은 그때였다. 대학 시절 사회봉사에 관한 강의를 수강한 적이 있었다. 봉사의 의의를 이론적으로 배우고 실제로 학교와 연계된 기관에 가서 봉사를 실천하는 수업이었다. 봉사활동을 하기 위해 찾은 곳은 아이들이 모여 있는 어느 시설이었다. 꽤 규모가 크고 층수도 높은 건물이었던 것 같다. 내가 맡은 반은 영유아 반이었는데 0세 반이라고 부르기도 했다.

　문을 열고 방으로 들어가자 눈도 제대로 뜨지 못하고 기어 다니는, 누군가에게 안겨 있는 것 말고는 할 수 있는 게 없는 아기들이 누워 있었다. 그렇기에 누군가의 돌봄이 반드시 필요한 아이들. 어떻게 이곳에 오게 된 걸까. 0세 반에는 아이들이 여덟 명 정도 있었던 것 같은데 그런 아기를 돌보아야 하는 선생님은 겨우 세 분 정도였다. 선생님들은 아기를 쉴 틈 없이 번갈아 가며 돌보았지만 어디선가 들려오는 울음소리는 그칠 줄 몰랐다.

　해사하게 웃고 있는 아기들의 양 볼에는 아직도 태어난 지 얼마 안 됨을 알리는 옅은 붉음이 내려앉아 있었다. 앞으로 아무것도 모르는 천진하고 무구한 표정을 한 아기들이 마주할 현실이 너무 아파서, 적어도 내가 살아온 날들은 제법 따끔거렸기에 미리 걱정되었다. 그곳에 손가락이 하나 더 있어서 수술을 앞둔 아기도 있었다. 그런 일을 감당하기엔 아기는 어리다는 말이 어울리지 않을 정도로 너무나 작고 어렸다.

아기들에게는 보살핌의 손길이 끊임없이 필요했다. 선생님들은 혼자서 두 명 이상의 아이들을 먹이고 씻기고 달래며 온종일을 보냈다. 무엇보다 아기들은 혼자만의 공간이 부족했으므로 온전히 깊은 잠을 청하기 어려웠다. 한 아기가 잠들면 옆에 있던 다른 아이가 울음을 터트렸고 그러면 아기는 다시 잠에서 깼다. 배가 고파도 옆에 있는 아기가 먼저 밥을 먹고 있으면 계속 칭얼대며 기다려야 했다. 아기들은 누군가의 사랑을 온전히 차지할 수 없었다. 늘 반쯤은 부족한 상태로 무언가를 갈구하는 채로 견뎌야 했다.

그래서 선생님께서는 한 아기를 너무 오래 안고 있으면 안 된다고 했다. 선생님께서는 나중의 안타까움을 미리 잠그듯 말했다. 모질게 느껴지겠지만 애초에 온전한 애정을 주지 않는 편이 차라리 낫다고 말씀하셨다. 한 명의 아기를 너무 오래 안아주면 그 감각을 쉽게 잊지 못해서인지 계속 안아달라고 보채게 되고, 그런 울음은 또다시 주변 아기들에게 퍼져 모두가 힘들어진다고 했다. 아기를 누군가 종일 안아주고 떠나면 아기는 다음 날에도 그다음 날에도 안아준 상태가 되어야만 밥을 먹고 잠이 든다고 했다. 우리는 늘 더 많은 것들을 바라고 욕심내느라 한 사람의 품 정도는 가볍게 저버리기도 하는데, 아기가 바라는 건 온전한 한 사람의 품이었다. 고작 한 사람의 품.

그렇지만 내 품에서 이미 잠든 아기를 떼어 놓는 건 쉽지 않았다. 떨어뜨려 놓으려고 하면 아기는 잠결에도 자신을 밀어내는 손길을 느끼고 내 옷깃을 더 세게 움켜쥐었다. 조금만 힘을 주어도 금방이라도 떨어질 것 같은 그 무구한 손길을 나는 결국 뿌리칠 수 없었다. 그 아기는 배고

품도 모르고 잠에서 깨어나질 않았다. 마치 누군가의 따스한 품을 차지할 시간이, 이렇게 안겨서 마음껏 응석을 부릴 수 있는 날들이 많지 않다는 걸 본능적으로 아는 듯했다. 이제 곧 혼자서 누릴 수 있는 따뜻한 품이 부재할지도 모른다는 걱정이 자그마한 떨림에서 느껴졌다.

아기를 안은 채로 침대가 없는 작은 방에 몰래 들어갔다. 십 분 정도는 괜찮을 거야. 시계를 보고 시간을 쟀다. 불 꺼진 방에서 아기와 나는 잠시 고요한 시간을 보냈다. 눈을 감은 아기를 바라보는데 속눈썹이 까맣고 길었다. 창가에서 내린 빛이 아기의 속눈썹에 매달려 출렁이는 듯했다. 커서 참 예쁘겠다. 그렇게 예쁜 속눈썹과 해맑은 눈을 가진 아기가 커서 많은 사람들의 사랑을 받고 행복할 거라는 애틋한 상상을 했다.

아기의 까만 속눈썹을 떠올리며 한동안은 봉사에 대한

결심을 품고 살았던 것 같다. 부끄럽지만 그렇게 마음을 먹었던 것으로 끝이었다. 이런저런 핑계로 그곳을 다시 찾지 못했고 자꾸만 변명하듯이 봉사는 내 삶에서 다음으로 밀려났다. 그리고 다음은 쉽게 오지 않았다. 아기를 오래 안아주지 말라고 하셨던 선생님 말씀이 생각났다. 그 말씀에 얼마나 많은 것들이 담겨 있었는지 이제는 더 깊이 알것 같다.

"보살핌의 마음만은 버려지지 않았으니."

그날의 기억을 기록하며 봉사하는 마음에 대해 다시 떠올려 본다. 그리고 마음속으로 보살핌의 마음만은 버려지지 않았다고 속삭여본다. 보살핌의 기억은 잠들지 않고 다시 피어나 누군가의 자그마한 그늘이 되어줄 것이라 믿고 있으니. 그렇게 삶에서 소중했던 순간은, 나보다 연약한 존재를 보살피는 마음은 이대로 시들지 않을 것이다.

# 말에서 싹튼 미움

살다 보면 예고도 없이 무례한 사람이 불쑥 찾아오기도 한다. 누군가에게 괜한 심술을 부리지 않아도, 아무런 적의를 갖지 않아도 예의를 모르는 사람은 번쩍하고 나타난다. 번개처럼 나타난 그 사람은 상대방을 곤란하게 만들고도 되려 당당하다. 그런 사람은 자신의 호기심이나 궁금증을 해소하기에 급급해서 타인에 대한 배려나 존중은 잊고 사는 듯하다. 어쩌면 그런 사람은 상대방이 자신의 말을 듣고 기분이 상할지 모른다고 생각하면서도 멈추지 못하는 것일지 모른다. 타인의 마음이 상하는 것보다 본인의 입가에 맴도는 의문을 뱉어내는 게 먼저인 사람이 되어버렸으니. 그동안 입에 밴 차갑고 사나운 말로 타인뿐만 아니라 자신을 얼마나 할퀴고 또 베었을까.

그렇게 공격적인 사람을 마주하게 될 때면 일단 피하고 본다. 다툼이나 신경전에 그다지 소질도 없을 뿐더러 그렇다고 그 사람을 바꾸어 놓을 재주도 없으니 일단 엮이지 않고 대피하는 게 상책이다. 그리고 뒤돌아서 혼자 생각한다. 그 사람의 부족함과 예의 없음에 대해서. 그 사람을 향한 비판은 점차 독을 품어 간다. 그러다 이유도 근거도 없는 비난이 되어 그 사람과 같은 날카로운 말이 된다. 악의 감정을 담은 말은 번지기 쉬워서 누구도 들을 수 없는 마음속 깊은 곳에서 변장도 없이 안심하고 퍼져나간다.

혼잣말에서 싹이 튼 미움은 지독한 폄하로 이어지고 그 사람의 생을 마음껏 깎아내리기 시작한다. 마치 과일에 멍든 부분을 도려내는 과도가 된 것처럼 마음의 날이 선다. 제대로 드러내지 못했던 불편한 기색을 자유롭게 드러내고 심한 말도 마음껏 지껄이다가 아무도 모르게 그 사람을 내 세상에서 몰아내 버린다. 그런 말들은 중독성이 강해서 멈출 줄 모르고 한바탕 속으로 폭풍을 일으킨다. 그러고 나면 속은 시원해지지만 한편으로는 마음이 얼룩지고 오염된 기분이 든다. 그 사람보다 내가 더 무례하고 잘못한 사람이 된 것만 같다.

"나를 대할 때의 풍부한 사유와 도량은 남 앞에서 인색해진다."

홍인혜 작가의 에세이 『고르고 고른 말』에서 읽은 구절이다. 이 문장을 읽고 내가 본 그 사람의 모습이 전부가 아닐 수도 있겠다는 생각을 했다. 그 사람의 한 단면만을 보고 손쉽게 어떤 사람이라고 속단한 것은 아닐까. 내가 경험한 그 사람의 오늘이 곧 삶 전체는 아니다. 누구나 살아온 과정에서 느끼는 결핍과 힘듦이 있고 그건 사람마다 다른 순간에 다른 모습으로 찾아온다. 그러니 각자 참을 수 없을 만큼 아픈 부분도, 포기할 수 없는 가치도 다를 것이다. 살아오면서 원하지 않았으나 저마다 가지게 된 단점이나 결점도 제각각이겠지. 그렇다고 그 사람의 삶 전부가 잘못이고 오류인 것은 아니다.

책을 읽으며 나와 결이 맞지 않는 사람을 대하는 자세가 옳지 않았음을 받아들였다. 나와 맞지 않는 사람을 말 그대로 나와는 맞지 않다고 생각하는 게 아니라 그 사람의 삶 자체를 비하하고 부정했다. 그에게 받은 상처의 대가로 그 사람의 단점만 집요하게 물고 늘어지지는 않았나. 결함이 많은 사람이라고 쉽게 단정 짓지는 않았나. 그건 누군가의 인생을 함부로 바닥으로 끌어 내린 오만한 마음이었다.

사람이기에 우리는 모두 다 실수를 할 수도, 뜻하지 않은 잘못을 할 수도 있다. 그래서 우리는 서로의 얼룩을 지워가며 살아가는 존재인지도 모른다. 상대방의 결점을 지적하기 이전에 허용의 마음을 먼저 품어볼 것. 나를 대하듯 남에게도 인색하지 않고 관대해질 것. 이제는 사람에 대한 부정적인 감정을 조금 더 의연하고 성숙한 자세로 대할 수 있을 것 같다. 누군가를 탓하고 흠잡으며 어두워진 내 마음도 환해질 수 있을 것 같다. 내가 가진 결점을 채우고 싶어 하고, 어두운 기억에서 벗어나고 싶어 하는 만큼 타인의 입장도 너그러운 마음으로 헤아릴 수 있기를 바랐다.

# 외부의 자극

온통 걸어야 한다는 생각뿐이었다. 언젠가 걷기만 해도 건강이 좋아지고 무엇보다 걷기만 해도 살이 빠진다는 이야기를 들은 순간부터 걷기에 대한 집착을 버릴 수 없었다. 그때부터 하루에 만 보를 걷는 혼자만의 프로젝트가 시작되었다. 걷기를 하며 더 자주 움직였고 실제로 몸의 부기가 빠지는 걸 느꼈다. 다만 하루에 얼마나 걸었는지 수시로 핸드폰을 확인해야 했고 아주 짧은 거리를 걸을 때도 핸드폰을 챙겨야 하는 번거로움이 있었지만, 살이 빠진 모습을 떠올리면 그것마저도 게임 속 임무를 완료하는 듯 흥미로웠다.

머릿속이 온통 걸어야 한다는 생각일 뿐일 그때, 갑자기 늘어난 걸음의 숫자를 온전히 받아내던 발바닥에서는 이전과 다른 반응이 일어나기 시작했다. 엄지발가락과 발바닥 위쪽 사이에 못이 박히게 된 것이다. 가구를 만들 때 쓰는 못이 아니라 마치 그런 못이 박힌 것처럼 피부 조직이 딱딱해져서 굳은 살이 생긴 것이다. 딱딱하게 생긴 굳은살 중앙에는 발바닥의 피부를 보호하겠다는 심지가 굳건히 자리 잡고 있었다.

어쩐지 걸을 때마다 이상한 게 밟히더니만. 발바닥 입장에서는 갑자기 들이닥친 무게와 고단함을 이겨내기 위한 방어벽이었을 테지. 사실은 발바닥에서 이물감이 느껴졌는데 크게 통증이 있거나 쓰리지 않아서 지나쳐버렸다. 그렇게 미온하게 대처했던 약간의 거슬림은 점차 미세한 통증으로 이어졌다. 갑자기 늘어난 잦은 마찰에 당황한 피부 조직은 살아남기 위해 애를 쓰고 있었다. 다시 말해 못은 외부의 자극을 그대로 방치하지 않고 방어하기 위한 노력의 결과물이었다.

모를 땐 모르는 대로 두었지만 알아채고 나서부터는 적잖이 신경이 쓰였다. 문밖을 나서 신호등을 기다리고 횡단보도를 건너 약국에 도착했다. 짧은 거리를 걷는데도 여태껏 아무렇지도 않았던 뭉뚝한 느낌의 못이 지압판처럼 느껴졌다. 약국에서 산 티눈 밴드를 사서 붙이고 하얗게 일어난 피부 조직을 뜯어냈다. 겉에 붙은 굳은살과 그 안에 핵처럼 굳어 있는 중심부를 뽑아냈다. 그런데도 아직 이질적인 느낌은 남아 있는 것 같았다. 참 굳건하게 버티고 있었네. 그동안 무심하게 대했던 내 발바닥을 한참이나 내려다보았다. 왠지 내 것이 아닌 타인의 발처럼 느껴졌다.


"외부의 자극을 버티고 있는 건 내 발뿐이었을까."


내 삶도 숱한 부딪힘과 마찰이 있었다. 그게 점점 강하고 뾰족해져서 나를 위협하고 있다는 걸 어느 순간 알아챘지만 그대로 방관하며 지냈다. 멈춤을 모르고 쉬지 않고 걸어가는 시곗바늘처럼. 처음에는 어쩔 수 없다고 생각했고 나중에는 그런 고통을 견디며 사는 게 당연하다고 여겼다. 어쩌면 모르는 채로 외면하고 그대로 두고 싶었는지도 모른다. 그러나 나에게 주어진 어떤 슬픔도 마냥 유예해서는 안 되는 것이었다. 아니 처음부터 주어질 수 없도록 막아야 하는 것이었다. 슬픔에 내던져지지 않도록 보호해야 했던 것이었다. 그런 아픔에 익숙해지지 않도록 진작에 경계하고 막았어야 했는데.

살면서 굳은살과 같은 보호막이 필요한 시점은 또다시 찾아올 것이다. 그동안 타인의 슬픔에는 공감하는 태도를 가져야 한다고 생각하면서도 정작 내가 가진 상처를 들여다보는 데에는 소홀했다. 내 마음을 돌보는 일은 뒷전으로 자주 밀려났다. 타인을 이해하고 위로하는 것만큼 자신의 감정을 들여다보고 알아주는 것도 중요하다. 나를 보호하고 지탱하는 단단한 마음이 있어야 타인에게도 먼저 손을 내밀 수 있을 테니. 어떤 시련이나 슬픔도 내 마음을 밟고 지나갈 수 없도록. 삶이 힘들 때면 쉬어가는 여유를 가져야겠다고, 때로는 굳은살 같은 보호막도 준비해야겠다고 생각했다.

# 독백이 허락된 공간

    다행인 적이 얼마나 많았을까. 한 뼘 정도 되는 마스크에 얼굴이 가려져 내 속내가 온전히 드러나지 않는다는 사실에. 그러고 보면 마음을 감추는 일은 고작 손바닥만 한 크기의 마스크 한 장이면 충분했다. 공장에서 대량으로 생산하여 획일성과 몰개성을 띤 마스크 하나면 나를 감출 수 있었다. 그 안에서는 마음껏 침묵할 수 있었고 어떤 독백도 허락되었다. 억지로 미소를 짓거나 구태의연한 반응을 하지 않아도 그러려니 하고 넘어가겼고, 입술을 삐쭉이거나 마땅치 않은 표정을 내 맘대로 지으며 손쉽게 감정을 표출할 수도 있었다.

어색한 사람들 사이에서 적당히 마음을 감추고 자리만 채우다 집으로 향할 때였다. 버스에서 내리고 집으로 향하는 오르막길에 숨이 가빠 마스크를 벗었다. 습기와 온기가 가득 차서 눅눅해진 마스크를 양쪽 귀에서 떼어 내며 엄청난 개방감을 느꼈다. 불편한 자리에서 벗어난 해방감 때문이었을까. 팔목에 걸어 둔 마스크에는 아직도 쓸데없는 긴장과 불편이 덕지덕지 붙어 있는 듯했다. 마스크와 함께한 시간이 이렇게 오래되었는데, 아직도 사람들에게는 마스크가 반갑지 않은 존재인 것 같다. 그건 아마도 마스크 너머의 표정과 마음을 제대로 알 수 없기 때문이겠지.

그런데 서로의 마음을 완전히 나누지 못한 어정쩡한 인

간관계는 마스크가 없던 시절에도 마찬가지였다. 아무리 친숙한 관계여도 가끔 어색해지는 순간이 찾아오기도 했다. 관계의 끈은 마스크 끈처럼 느슨해지고 팽팽해지기를 반복하는데 그러다 끊어질 것 같은 순간이 생기기도 했다. 사람 간의 관계가 끊기는 순간은 어떤 암시나 복선도 없이 불쑥 나타난다. 오히려 무수한 순간을 함께 보낸 사이일수록 서로 상처를 줄 확률이 더 높아진다. 내가 어떤 잘못을 저질러도 이 사람은 나를 떠나지 않을 것임을 알기에. 혹은 가까운 사이일수록 상대방에게 섭섭하다는 말이나 속상하다는 식의 언급을 하기 어렵기에.

시간이 흐르면서 삶에 힘을 싣는 부분이나 가치관이 변하기도 한다. 지향하는 목표와 중요하게 생각하는 바가 달라지기도 하기에. 이대로 서로의 삶에서 작별을 고해야 하는 관계가 생기기도 한다. 누군가는 인간관계를 버스 노선에 비유했다. 언제든 다시 만날 수 있는 삶의 궤적에 놓인 사람이 있는가 하면 아주 노선을 이탈해버려 다시 만날 수 없는 사람도 있기 마련이라고. 그러니 인간관계에 너무 많은 미련을 남기고 살 필요 없다고. 다시 만날 사람은 언제라도 다시 만나게 되어 있으니 연연하지 않아도 된다고 했다.

"이 작은 크기에 참 많은 게 숨겨지네."

아무도 걷지 않는 조용한 밤거리를 홀로 걸었다. 텅 빈 거리를 혼자 차지하고 있는 느낌이 들었다. 그제야 사람들이 많은 테이블 위에서 혼자 겉돌고 있던 내가 생각났다. 제대로 어울리지 못한 걸까, 아니면 그러길 원하지 않았던 걸까. 어느 쪽이든 그조차도 시시때때로 나왔던 마른기침처럼 아무 의미 없다고 생각했다. 이제 자만을 감추기 위한 인위적인 겸손과 마음에도 없는 공허한 존중을 주고받던 시간은 마감되었으니 실컷 편해져도 괜찮았다.

내 하루에서 마스크를 벗겨내자 겨울의 한기를 타고 오후의 한가로움이 찾아왔다. 무척 반가웠다. 그러고 보면 손바닥만 한 마스크가 나를 대신하여 매일의 피곤과 고단함을 알맞게 나누어 견뎌주는 듯했다. 어둑한 배경에 하얀 마스크가 유난히 돋보였다. 어울리지 않는 허름한 천장에 붙어 있는 야광별처럼. 빛을 잃어 흐릿해진 야광별과 닮아 보였다. 반으로 접혀 구부정해진 마스크를 주머니에 넣었다. 오늘의 힘듦은 주머니에 가둬두고 가로등의 주황 불빛을 따라 걸었다. 홀로 걷는 거리에서는 어떤 표정을 지어도 환할 듯했다. 나를 이도 저도 아니게 만드는 마스크가 없어도 다행인 곳으로 향했다.

# 어둠을 번복하는 빛

    아무도 예측하지 못한 어느 날 민간인이 사는 마을에 폭격이 시작되었다. 그 사실을 뉴스에서 처음 본 날을 기억한다. 러시아에서 발사한 폭탄이 우크라이나의 어느 도시에 떨어졌고 그로 인해 아이들을 포함한 수없이 많은 사람들이 희생되었다. 아무런 공격도 할 수 없는, 도망갈 준비조차 하지 못한 상황이었던 사람들은 무자비한 공격에 속수무책으로 당할 수밖에 없었다. 평온했던 삶이 전쟁의 잔혹함 속으로 순식간에 빨려 들어갔다. 강요된 논리를 앞세운 폭탄은 멈추지 않고 떨어졌고 죄 없는 그들은 죽음을 맞았다. 그런 상상조차 할 수 없는 파괴가 아직도 가능한 시대라니. 그게 지금 우리가 사는 시대의 믿을 수 없는 현재였다. 최소한의 인류애도 버려지고 반드시 보호해야 할 인권도 무참히 관통해 부숴버리는 불의가 살아 판을 치는 시대. 처음으로 인간이라는 존재에 대한 들끓는 분노와 환멸을 느꼈다.

이토록 가슴이 미어지는 일이 또 있을까. 가족의 죽음을 목격하고도 제대로 된 힘 한번 써보지 못하고 피란을 떠나는 사람들. 차마 입에 담기도 힘든 일을 당한 무고하고 억울한 사람들의 이야기가 세상을 덮었다. 그럼에도 불구하고 그들을 위해 기도를 하는 것 말고는 할 수 있는 게 없었다. 부모의 손을 놓치고 홀로 국경을 넘는 아이들과 폐허가 된 학교에서 졸업 사진을 찍는 학생들. 잔혹함은 어리고 힘없는 존재에게 더 선명하게 제 모습을 드러냈다. 소중한 사람을 잃은 슬픔과 울부짖음만이 남아 황폐해진 도시를 맴돌았다. 전 세계가 러시아를 향해 분노하고 비난했으나 그들을 물리적으로 막을 방법은 없었다. 그 후로 몇 개월이나 흘렀으나 여전히 전쟁은 끝날 줄을 몰랐다. 그저 누구도 막을 수 없는 상황과 해결해 줄 수 없는 사태를 바라볼 뿐이었다.

대체 그토록 평화를 기원하던 사람들의 염원은 어디로 간 걸까. 부당한 권력과 눈이 먼 폭력 앞에서 주저앉을 수밖에 없는 힘없는 존재에 대해 생각했다. 거대한 이념의 대립 앞에서는 우리 중 누구라도 얼마든지 희생양이 될 수 있다. 기어이 전쟁을 선택한 그들은 무엇을 얻고자 하는 것일까. 평화를 무참히 짓밟고 생명을 위협한 대가로 과연 호화로운 삶을 영위할 수 있다고 믿는 걸까. 그럴 수 없을 것이다. 타인의 삶을 피폐하게 만든 자들의 종말이 환희일 수 없을 테니.

"슬픔은 연약하지 않다."

그저 전쟁이 끝나기를 애타게 기다리는 일밖에 할 수 없는 슬픈 마음을 감히 짐작해본다. 슬픔은 연약해 보이지만 절대 사라지지 않는 강인함을 지니고 있다. 타인의 슬픔을 공감하는 눈물 역시 그러하다. 총성이 멈추길 바라는 사람들의 소원이 지금은 아무런 형체가 없는 것 같지만 어둠과의 대결에서 이기는 것은 오직 빛이므로. 단 한 줄기 평화의 틈이 새잎처럼 돋아나기 시작하면 그 어떤 어둠도 소리 없이 환하게 빛으로 피어날 것이다. 밤마다 내리는 짙은 어둠에도 내일의 아침은 소리 없이 올 테니. 어둠을 번복하는 건 언제나 빛이듯이. 옅은 빛이 거대한 어둠을 이기는 그날이 서둘러 오길 간절히 바라고 또 바랄 뿐이다.

2부

✦ ✳ ✦

흩어진 눈송이가
남긴 자리

# 이별 맛집

친구와 나는 그 카페를 '이별 맛집'이라고 불렀다. 그곳은 이국의 도시 이름을 빌려와 간판을 걸었는데 근처의 카페보다 제법 규모가 있고 한산했으며 무엇보다 카페 주인의 시야에서 벗어나 이야기를 나눌 수 있는 사각지대가 많았다. 누군가에게 들키거나 알리고 싶지 않은, 그러니까 자신들의 이별이 전시되지 않았으면 하는 마음과 안성맞춤인 이별 공간이었다.

아무리 그렇더라도 이별 맛집이라니, '이별'이라는 서늘하고 씁쓸한 순간 옆에 '맛집'이라는 단어를 붙이는 일은 미안하면서도 속으로는 약간 웃기기도 했다. 말도 안 돼, 하면서도 우리는 누군가의 적당한 슬픔에 일그러진 위안을 얻기도 하니까. 누군가가 헤어지는 모습을 보면서 내심 내가 가진 사랑의 안정감을 새삼스레 실감하기도 했다. 물론 그런 마음은 들켜서도 안 되고 내비쳐서도 안 되는, 특히 그 이별 맛집에서는 결코 드러내서는 안 되는 감정이었다.

카페에 그런 무지막지한 별명을 붙인 친구와 나도 너무했지만, 더 문제였던 건 정말로 이별을 앞둔 커플이 끊이지 않고 온다는 것이었다. 이별하기 위해서는 반드시 거쳐야 하는 곳인 양 매일같이 모이는 그들이 신기했다. 어느 커뮤니티에 이별하기 좋은 장소로 소개라도 된 걸까 하는 생각이 들 정도였으니까. 너무하긴 그쪽도 마찬가지였다.

그때는 나도 카페에서 오랜 시간을 보내며 공부를 해야 하는 시기였으므로 한산한 카페를 순순히 양보할 수는 없었다. 그들의 이별만큼이나 내 사정도 급급했다.

구구절절한 이별의 사연은 알 수 없으나 한편으로는 그 옆을 지나가기만 해도 느껴지는 것이 있었다. 어느 쪽이 이 관계의 끈을 먼저 놓고 싶은지. 스치듯이 지나치기만 해도 낯빛이 더 어둡고 말수가 더 적은 쪽을 쉽게 알아볼 수 있었다. 돌부리에 걸려 넘어진 사람과 그걸 안쓰럽게 지켜보고 있는 사람의 차이는 애쓰지 않아도 확연히 구별할 수 있었다.

누군가의 사랑이 식는 데에는 뚜렷한 이유가 필요하지 않다. 만나서 사랑이 시작되기까지는 미로 속에 갇힌 듯이 골몰하지만, 끝맺는 순간은 이별이라고 버젓이 적힌 출구를 향해 질주하기만 하면 된다. 나 역시 이별의 순간을 마주한 적이 있었다. 이별의 순간은 유리병이 되어 오롯이 두 사람을 그 시간에 박제한다. 그렇게 앞으로는 서로의 삶에서 움직이지 않게 될 것이다. 언제까지나 멈춘 상태로만 지속될 것이다.

함께한 과거는 고장 난 시계처럼 무용해지고 함께 도모하려 했던 미래는 거품처럼 사그라들 것이다. 서로의 삶에서 부재로 남아 모든 시간에서 종결될 것이다. 그렇게 예전으로도 나중으로도 오갈 수 없게 된 낡은 관계는 먼지가 자욱한 장작처럼 힘껏 피었다가 영영 타오를 수 없게 되겠지. 마지막 불씨마저 완전히 꺼지는 순간, 사랑의 감정도 함께 잊히게 될 것이다.

"헤어지더라도 추억은 늘 그대로 있을 테니."

어찌 됐든 누군가 결별하는 순간을 목격하고 카페 문밖

을 나서는 날에는 기분이 좋지 않았다. 비에 젖은 온 세상처럼 눅눅하고 울적했다. 그들은 헤어지더라도 서로의 삶에 하나의 흔적으로 남게 되겠지. 서로의 삶에서 갈수록 옅어질 수도 혹은 짙어질 수도, 어쩌면 마지막에 다다를 수조차 없게 될지도 모르겠지만 어떤 이별의 모습이든 소중한 시간을 아름답게 추억하게 되기를 바랐다. 이별이라고 해서 반드시 아프게만 기억될 필요는 없다는 생각을 했다. 어느 카페에서 맞은 그들의 이별이 조금 덜 아프게 타올랐으면 했다. 한 시절의 마지막을 장식한 자그마한 불빛이 처음 시작된 그때처럼 황홀하게 마무리되기를 바랐다. 마지막도 처음처럼 애틋하고 아름답게.

# 편지에 적힌 결말

12월이 끝날 무렵이었다. 눈발이 춤을 추듯 쏟아지던 날 이사를 했다. 그동안 버리지 못했던 물건들이 언제 눈덩이처럼 불어났는지 끝없이 쏟아져 나왔다. 이 많은 것들을 왜 힘겹게 끌어안고 살았을까. 이곳에 사는 동안 새해가 다섯 번이나 찾아왔으나 창고에 쌓인 물건들은 단 한 순간도 햇볕을 받지 못했다. 그러니 내 삶에 존재하지 않았던 물건이었다고 해도 상관없을 것이다.

먼지가 쌓이다 못해 눌어붙은 것 같은 빛바랜 상자를 열어보았다. 언제 누구한테 받았던 것일까. 그 안에는 편지 봉투가 수북하게 쌓여 있었다. 봉투에 손글씨로 적힌 고운 이름들을 하나씩 살펴보았다. 글씨를 살며시 만져도 보았다. 사는 동안 자주 떠올리지 못했고 그래서 홀연히 지나가 버렸던 사람들과의 기억이 눈발처럼 흩날렸다.

지나간 추억을 떠올리며 편지를 살펴보다가 헤어진 옛 연인의 이름을 발견했다. 아직 마음이 남아 있어 고이 간직했다기보다는 미처 찾아내서까지 버리지 못한 편지였다. 그렇더라도 갑자기 나타난 그 이름에 눈길이 갈피를 못 잡고 헤맨 건 사실이었다. 세월의 흔적을 보여주기라도 하듯이 봉투 위에 붙어 있던 스티커의 끈적임은 아주 희미하게 남아 있었다.

꽤 오래 머뭇거리다가 편지를 손에 들었다. 괜히 봉투의 모서리를 손끝으로 접었다 펴기를 반복했다. 어쩐지 쓸모를 다한 이면지처럼 모질게 버릴 수 없었다. 봉투를 열었고 편지지를 펼쳤다. 막상 그 사람의 글씨체를 보니 마음의 한 구석이 따끔거렸다. 필체는 누구도 흉내 낼 수 없는 그 사람의 뚜렷한 흔적이니까. 편지에 적힌 그 사람의 말을 읽자마자 그 시절의 정취가 풍겨 왔다. 그날은 이런 날씨였구나, 그 사람과 이런 풍경을 봤었구나, 그래서 그때는 이런 마음이었구나. 일상적인 안부를 묻는 평범한 문장에도 지나간 마음을 읽을 수 있었다. 괜한 상념에 빠지고 싶지 않아 서둘러 읽기를 마치려는데 한 문장이 내 시선을 묶어 두었다.

"서로의 행복을 빌어주는 사람이 되었으면 좋겠어."

이 말은 언젠가 내가 그 사람에게 했던 말이라고 적혀 있었다. 그러니까 내가 했던 말이 그 사람에게 잠시 머물다가 다시 내게로 돌아온 것이다. 서로의 행복을 빌어주는 사이. 그때의 내가 말했던 행복은 무엇이었을까. 문장 한 줄에 너무나 많은 감정과 세월이 담겨 있었다. 왠지 그 말은 지나간 사람과 나의 결말을 미리 알고 있었던 것 같았다.

그동안 어렸을 때의 서툰 연애를 떠올리면 애틋함보다 쓸쓸함이 더 많이 생각났다. 그때는 내가 부족해서 더 배려해주지 못했지, 더 많이 챙겨주지 못했지, 그래서 그 사람도 힘들고 괴로웠겠지, 하는 후회가 늘 따라다녔다. 그렇게 되돌릴 수 없는 아쉬움은 집요하기가 짝이 없어서 작은 틈새로 서로에게 남긴 상처까지 끄집어내곤 했다.

세월이 많이 흐르고 나서야 다시 읽어 보게 된 오래된 편지. 나는 빛바랜 편지를 읽고 예전과 다른 생각을 하게 되었다. 그래도 서로의 행복을 빌어주던 따뜻한 시절이 있었구나. 서로의 시간에 행복을 소원해주던 마음이 있었구나. 그렇다면 그걸로 괜찮지 않을까. 그때는 어설프고 부족해서 서로를 제대로 채워주지 못했지만 서로의 곁에서 머물렀던 시간은 온전히 존재할 테니. 그 자체로 충분한지도 모른다. 분명 포근하고 소중했던 한 페이지가 과거에는 또렷이 존재하고 있을 테니까.

편지에 적힌 말처럼 그 사람이 정말로 언제 어디서든 행복하길 바랐다. 오랜 시간을 거슬러 나에게 와준 말이 고마웠다. 흐릿해진 기억처럼 먼지가 쌓인 상자 뚜껑을 열었다. 원래 편지가 있었던 과거로 보내야지. 상자에 묶여 있던 눅눅한 수심도 사그라드는 듯했다. 그리고 그 오래된 상자를 새로 이사 온 집으로 가져오지는 않았다.

# 마음을 받는 연습

친구를 처음 만났을 때 나는 여덟 살이었다. 고작 여덟 살 때부터 우리는 친구였다. 한동네 사는 또래라면 친구가 되는 게 당연했던 시절에 우리는 아무런 이유도 조건도 없이 친구가 되었다. 가끔은 누구보다 가깝게 지내기도 했고 친한 무리가 달라질 때면 또 느슨한 관계가 되기도 했다. 그러면서도 같은 동네에서 자랐다는 사실만으로 우리는 서로의 곁에 아주 오래 머물게 될 것임을 알고 있었다. 그렇게 우리는 어른의 모습이 되어 갔다.

내게 친구는 항상 제 자리에 있어 주는 나무 같은 존재였다. 울창하게 우거진 나무라기보다 키는 아담하지만 향긋한 초록의 잎사귀를 지닌 듯한 다정한 아이. 자신만의 속도로 끝내 탐스러운 열매를 맺는 인내심이 강한 사람이기도 했다. 아직도 어릴 때처럼 집 앞으로 뛰어가 같이 놀자고 문을 두드리면 흔쾌히 걸어 나올 것 같은 친구였다.

친구와 나는 비슷한 점이 많았다. 타고난 결이 비슷한 사람이라고 해야 할까. 그래서 아무에게나 쉽게 털어놓지 못하는 생각과 말들을 서로에게는 숨기지 않았다. 사람들 사이에서 왜 쉽게 상처를 받는지, 무엇이 사람들을 꿈꾸게 하는지, 어떻게 살아야 올바른 삶인지와 같은 답을 규정짓기 어려운 물음들을 수도 없이 주고받았다. 우리는 만날 때마다 묻고 답하기를 멈추지 않았다. 어느덧 여덟에서 서른까지 함께 이르렀다.


"마음을 받는 것도 연습이 필요해."


사랑에 대한 생각을 나누다가 우리는 서로의 공통점을
발견했다. 마음을 주는 것에는 익숙한데 사랑을 받는 일
에는 인색하다는 것. 이건 상대방의 문제가 아니라 본인의
문제라는 결론에 우리는 수긍했다. 물질적으로 풍요롭지
못한 어린 시절을 보내며 터득한 건 누군가에게 부담을 짊
어지게 해서는 안 된다는 것이었다. 그건 나와 같은 처지
일지도 모르는 사람을 곤란하게 해서는 안 된다는 어리고
착한 마음에서 비롯된 배려였다. 마음을 상대에게 건넬 때
는 아깝지도 힘들지도 않았는데, 받을 때면 불편하고 미안
했다.


그러다 우리는 마음을 받는 것에도 연습이 필요하다는

사실을 받아들이기로 했다. 그동안 우리는 마음을 받는 감정을 유예해 온 것은 아닐까. 마음을 받고 행복을 느끼는 데에도 연습이 필요하다는 것, 마음을 받는 일은 마음을 내어주는 일만큼이나 귀한 일이라는 걸 인정하기로 했다. 마음을 받는 일은 미안함이나 불편함의 속성을 지닌 게 아니다. 온전한 마음이라면 그런 감정을 느끼지 않아도 된다. 마음을 받는 일에 소홀하지 말아야겠다고 여러 번 다짐했다. 그 사람의 마음을 조금도 떨어뜨리거나 덜어내지 말고 놓침 없이 받아야지. 오롯이 기쁜 마음으로 내 품에 안아야지.


여덟 살이던 그 친구는 이제 결혼을 준비한다고 했다. 앞으로의 세월을 함께 보내고 싶은 사람이 생겼다는 말에 무척 안심이 되었다. 어릴 적부터 내 기억 속에서는 키 작은 나무 같았던 친구가 이제 혼자가 아니라는 소식에 마음이 놓였다. 앞으로 자기보다 더 커다란 나무 곁에 있을 거라고 생각하니 든든했다. 친구보다 품이 넓은 나무가 만든 울창한 그늘에 마음을 눕히고 줄곧 이어질 평온을 만끽하기를. 살면서 만나는 폭풍 같은 일들도 드넓은 들판 위에서만큼은 소소한 바람처럼 지나가기를 바랐다. 마침 창밖에는 산뜻한 햇빛이 쏟아져 도로 위의 가로수를 비추었다. 푸르른 잎사귀 틈새로 비추는 햇살이 강물의 윤슬처럼 반짝거렸다. 내 친구의 앞날에 펼쳐질 찬란한 풍경이 사뿐사뿐 걸어오는 듯했다.

# 상처 난 괜찮음

　어쩐지 커피의 끝맛이 고소함인지 씁쓸함인지 애매하긴
했다. 눈만 돌리면 어디에서나 찾을 수 있는 프랜차이즈
카페에 관한 얘기를 들은 적 있다. 이곳의 커피는 워낙 대
량으로 생산되어서 원두가 유통되는 과정만 해도 수개월
이 지난다고 했다. 신선함과는 거리가 먼 맛일 텐데도 내
주변에는 이곳의 커피를 찾는 사람이 많았다. 어차피 하
루에 한 잔만 마셔야 하는 커피라면 맛있는 이곳의 커피를

마시고 싶다고 했다. 매장에 도착하기도 전에 이미 로스팅이 된 지 몇 개월이나 지나버린, 아니 애초에 상하지 못하도록 거의 태워버린 원두의 맛에 사람들은 길들여진 걸까.

한동안 그 프랜차이즈 카페를 지날 때마다 검게 탄 원두가 연상되어 발길을 끊기도 했으나, 이미 습관처럼 찾던 그곳을 나도 다시 찾게 되었다. 그동안 느꼈던 고소함이 원두에서 나오는 특유의 쓸쓸함이었다는 걸 알고 나서도 무지했던 시절과 달라진 건 없었다. 오히려 이 맛의 불편함을 알고도 이곳을 찾는 게 습관이 되었음을 인정할 수밖에 없었다.

무언가에 익숙하고 편해지고 나면 어느 순간 무관심과 무감각이 동반되기도 한다. 누군가의 연애도 그랬다. 상대방을 배려하지 않는 행동, 상처를 받아도 상관없다는 듯한 말투, 자기중심적인 생활 방식이 당연하다는 듯이 새어 나왔다. 그런 무례한 사람과의 연애는 아무리 생각해도 불쾌한 것이어야 했는데 친구는 자꾸만 괜찮다고 했다.

"그건 괜찮으면 안 되는 거라니까."

뭐든 괜찮다는 친구에게는 어떤 현실적인 조언도 소용없었다. 친구에게 그런 말들은 아무런 힘이 없었다. 그 사람에 한해서는 모든 게 괜찮다고 단정 짓고 있었으므로. 어떤 말도 공허한 외침에 불과했다. 일말의 존중도 없는 상대방의 까슬한 눈빛을 꿋꿋이 받아내며 연애를 지속하려는 모습이 안타까웠다. 결국 두 사람은 서로를 놓게 되었다. 익숙함이란 감정을 느끼는 마음의 영역마저도 녹슬게 만드는 걸까. 철 지난 원두로 만든 커피를 마시면서도 시간의 격차를 느끼지 못한 것처럼 당연히 느껴야 할 존중의 영역을 마비시켰다.

그들의 사랑이 시작되던 그때를 나는 기억한다. 두 사람도 알고 있었을까. 서로만의 세상이 펼쳐지고 있다는 게 주변 사람들에게 전해질 만큼 다정하고 아름다웠다는 것을. 몰래 눈 맞추고 웃음을 감추던 장면이 주변까지 환하게 만들었다는 사실을. 그렇게 멀리서 바라보는 사람마저 고개를 끄덕이게 하는 사랑에도 작별의 순간이 찾아왔다. 짧지 않았던 그 시절이 왜 내가 다 아쉬울까.

사랑의 감정이 모두 소진되어 누군가를 향한 마음이 식더라도 마음을 툭 하고 쉽게 놓아버리지 않았으면 좋겠다. 따스했던 커피가 차갑게 식어가는 데에도 시간이 필요하듯이. 각별했던 사이에서 아무것도 아닌 기척으로 남게 되는 데에도 적잖은 시간이 필요할 것이다. 작별이 서서히 짙어지는 동안 쌓아온 마음을 천천히 무너뜨릴 수 있도록. 서로의 사랑이 가슴 속의 상흔으로 맺히지 않도록 마지막만큼은 따스했으면 했다. 지난날 함께 만든 시절의 애틋함이 그때도 잠시나마 기억되었으면 했다. 아마도 서로의 사랑이 펼쳐지던 그때가 얼마나 아름다웠는지 그들도 분명 알고 있었을 것이다.

# 비로소 전하는 안부

엄마는 말이 없었다. 엄마는 지치고 버거운 순간이 와도 힘들다는 말을 하지 않았다. 엄마는 말을 하는 대신 움직였다. 엄마는 쉬지 않았다. 매일 같이 일을 했다. 퇴근하고서는 오후에 할 수 있는 것을 찾아서 했고, 주말에는 쉬는 날에 할 수 있는 일을 찾아서 했다. 당신의 안위를 위해 일한 게 아니라 어린 자식들을 건사하기 위해 쉬지 않았다는 걸 알고 있었지만, 그렇다고 빈방에 홀로 남겨진 어린 자식들이 쓸쓸하지 않은 건 아니었다.

"엄마, 보고 싶어서 크게 울었는데 들렸어?"

언젠가 엄마에게 이렇게 물었을 때도 엄마는 말이 없었다. 대답하지 않는 대신 고개를 돌렸다. 철없던 나는 엄마가 내 질문을 듣지 못했다고 생각하고 더 크게 또박또박 물었다. 엄마가 보고 싶어서 엄청나게 크게 울었는데 거기까지 들렸냐고. 그때 내 나이가 겨우 일곱인가 여덟인가 그랬다. 어린 시절 고장 난 카메라에서 꺼낸 듯 토막 난 기억들은 대부분 이런 슬픈 장면들이었다. 그래서인지 가족에 대해서는 자꾸만 슬픈 글을 쓰게 되었다. 그런 우울한 과거의 지난한 기억들은 문득 튀어나와 나조차 예측하지 못한 감정을 끼얹고 사라졌다. 내가 자라오는 동안 울적함과 무력함은 잊힐 즈음이면 다시 상영되었다.

유년 시절이 화목하지 않았다는 사실이 이렇게 오래 나를 따라다닐 줄 나조차도 몰랐다. 오랫동안 불행과 불운의 원인을 그 안에서 찾았고, 무언가를 머뭇거리거나 시작하지 못하는 상황의 이유를 어린 시절로 돌리기도 했다. 예전에는 애틋한 가족의 모습을 보고 있자면 가슴 속에서 탐탁지 않은 무언가가 끓어오르기도 했다. 분명 저 행복에도 겉으로 드러나지 않는 누군가의 포기나 희생 같은 힘듦이 숨겨져 있을 거라며, 소리 없이 그들의 웃음에 먹칠을 했다.

줄곧 이런 슬픔이 나를 성장하지 못하게 한다는 생각을 했다. 무엇이든 쉽게 도전할 수 없었던 환경과 뭐든 마음껏 해보라고 격려하는 사람이 부재했던 그 시절을 두고두고 원망했다. 그러면서 나를 함부로 대했다. 어쩌면 내게 일어나는 문제의 원인을 과거의 책임으로 전가하고 도피하고 싶었는지도 모른다. 자신을 속이거나 외면하는 일은 너무나 쉬웠고, 그래서인지 어린 시절에 쓴 문장의 표정은 어딘가 쓸쓸하고 처연했으며 외로워 보였다.

그렇지만 지난날들 때문에 매일이 동굴처럼 어두웠던 건 아니었다. 한편으로는 그런 마음을 알기에 나와 비슷한 타인의 아픔이 절절하게 느껴지기도 했다. 어렴풋이 비슷한 시절이 서로의 생에 있었다는 것만으로, 그런 상처가 무엇인지 알고 있다는 사실만으로 누군가에게는 위로가 되기도 했다. 그런 시간을 깨뜨려 조각내고 그때를 제대로 볼 수 있는 힘이 날 때마다 마음을 글로 썼다. 그리고 내 글을 읽고 든 마음과 생각을 전해받기도 했다. 누군가는 나의 지난 시간에서 자신의 어린 시절을 발견하기도 했다. 그렇게 미루고 감춰 두었던 자신의 시절에 비로소 안부를 묻게 되었다고 했다. 그 말에 기대어 나 역시 어린 시절에 제대로 안부를 묻고 싶어지기도 했다.

엄마는 왜 내 물음에 대답하지 않았을까. 가끔 엄마도 그날의 물음을 기억하는지 궁금했다. 내가 한 말을 그저 흘려보낸 걸까, 아니면 듣지 못한 척 답하기를 외면한 걸까. 어느 쪽일까를 고민하다가 차라리 엄마는 이 모든 것을 기억하지 못했으면 했다. 우리가 마음 아픈 질문과 답을 했던 수많은 순간보다 가물지 않는 미래를 그렸던 시간만 기억했으면 했다. 엄마는 환하게 웃고 있는 내 얼굴만 알고 자꾸만 어두운 동굴로 향하는 내 모습은 몰랐으면 했다.

글을 쓰면서 그토록 나를 붙잡던 어린 시절의 기억은 이제 아무런 힘이 없어졌다. 어둠이 내게 몰려올 때면 어떻게 다시 몰아내야 하는지를 잘 알기에. 지금의 내 행복에 아무런 해살이 되지 않는다. 내 웃음에 어떤 영향도 미칠수 없는 미약한 존재가 되었으므로 더는 나를 상하게 하거나 해할 수 없다. 그러니 엄마도 지난 시간에 머물지 않고 앞으로 행복이 가득할 우리의 서사에만 머물기를 바랐다.

나약한 과거가 엄마의 행복에도 아무런 방해가 되지 않기

를 간절히 바랐다.

# 엄마가 품었던 다행

"너를 낳지 않았으면 큰일 날 뻔했어."

언젠가 엄마가 나에게 해준 말이었다. 나를 낳은 선택이 다행이었다는, 내가 있음이 엄마를 살게 했다는 이 말을 어딘가에 꼭 적고 싶었다. 언제나 나의 존재를 반기고 환대할 사람의 말. 내가 이 세상에 있다는 것을 누구보다 축복하는 엄마의 마음을 기록하고 싶었다. 내가 태어났음을 환영하는 엄마의 말은 지금까지 내가 적어온 모든 문장을 의미 있게 만들어 주는 말이기도 하다.

엄마의 말은 방심할 틈 없이 나에게 녹아들어 그 자체로 쓰고 싶은 문장이 된다. 물감처럼 스며들어 시시때때로 마음을 수채화로 만든다. 엄마의 모든 걸 묘사하고 그리고 싶어진다. 엄마에 대한 나의 마음을 전부 쓰기엔 아직 용기가 부족하고, 그렇다고 적당히 쓰고 넘기기엔 너무도 커다란 부분을 얼버무리는 듯해 손가락이 버벅거린다. 그럴 때면 차라리 쓰기를 유보하게 된다. 엄마를 생각하고 쓰는 시간에 나는 이러지도 저러지도 못하는 당황한 사람이 되고 만다.

엄마와 함께한 날들이 글감이 될 때면 일반적이고 평범한 단어도 특별해지고 익숙하고 눈에 익은 문장도 아름답게 가꿔진다. 언젠가 엄마와 함께 전철을 타고 소래포구에간 적이 있었다. 지하철과는 다르게 지상으로 연결된 전철 역들. 소래포구로 향하는 노란색 노선은 수도 없이 가다가 서기를 반복했다. 엄마와 나는 바깥 구경을 하다가 사람들의 말과 표정을 관찰했다. 봄나물을 뜯으러 가는 할머니들의 말소리와 어린아이를 무릎 위에 앉혀 놓고 두런두런 이야기를 나누는 아버지의 음성 같은 것들은 바다로 향하는 짧은 여정을 들뜨게 했다. 전철 문이 열리고 닫힐 때마다 환하게 들어서는 봄 내음에 마음이 몽글몽글해지기도 했다.

막상 도착한 소래포구는 머릿속에 그렸던 바다라기보다 차라리 갯벌에 가까웠다. 청량하기보다는 질퍽거리는 흙이 가득한 모습이 약간은 실망스럽기도 했으나 엄마와 함께 여행을 왔다는 사실만으로 이미 충분했다. 차오르는 물결을 감상하는 것보다 더 중요했던 건 그저 엄마와 손을 잡고 눈을 맞추며 내게 주어진 하루치의 행복을 만끽하는 것이었으니. 바다가 주는 풍경의 아름다움은 애초에 덤일 뿐이었다.

엄마의 말은 나를 살아가게 하는 원동력이기도 했다. 엄마가 없었다면 지금까지의 나는 무엇을 위해 움직였을까. 살면서 모든 이가 내게 등을 돌리는 절망적인 날이 온다고 해도 엄마만큼은 내게 등을 보이지 않을 것이다. 그러므로 사람들에게 아무리 미움을 받는다고 해도, 마음이 다치는 일이 생겨도 엄마의 품이 있다는 사실에 무너지지 않을 수 있다. 엄마 앞에서는 범람하는 감정을 주체하지 않아도 괜찮았다. 엄마 앞에서 나는 가장 나다울 수 있었다.

엄마와 빛을 잃어가는 노을을 말없이 바라봤던 기억. 바다처럼 금빛 태양을 왈칵 삼킨 듯 환히 퍼졌던 웃음. 엄마와의 추억을 하나씩 땋아서 오래오래 써 내려가고 싶다. 내게 행복이나 희생과 같은 고귀한 마음이 어떤 건지, 사랑이라는 진실한 빛을 발하는 마음이 무엇인지 처음으로 알려준 엄마. 나 역시 외롭고 쓸쓸한 이 세상에서 엄마를 만나, 우리 엄마를 만나서 참 다행이다.

# 남매의 세상

앵두처럼 작고 자두처럼 어여쁜 아이를 키우는 친구를 만나고 왔다. 그 아이는 정말로 앵두처럼 볼이 발그레해서 금방이라도 싱그러운 과즙이 새어 나올 것 같은 사랑스러운 아기였다. 열매처럼 귀여운 아이를 눈에서 떼놓기 어려웠다. 허공을 휘적이는 아기의 작은 손짓, 웅얼거림이 전부인 목소리, 어린잎처럼 푸른 미소에 푹 빠져 있었다. 아이에게 내맡긴 하루는 꿈결처럼 아늑하고 황홀했다.

친구의 집에 머무는 몇 시간 동안 엄마가 필요 없는 아기의 순간은 존재하지 않았다. 아기의 맑은 눈망울에 눈을 맞추고, 아기의 웃음에 같이 웃어주고, 한아름도 채 되지 않는 아기를 내내 안아주고, 아기가 눈을 사르륵 감고 쌔근쌔근 잠드는 순간까지 엄마는 곁에 머물러야 했다.

엄마랑 저녁 식사를 하다가 친구의 집에서 보고 온 아기의 하루를 나열하듯 들려 드렸다. 아기의 모습을 하나씩 펼쳐 놓을 때마다 엄마는 아기였던 우리 남매를 떠올리는 듯했다. 문득 엄마가 처음 '엄마'가 되었던 때가 궁금해졌다. 나도 친구의 딸처럼 엄마 품에 폭 안기던 자그마했던 시절이 있었을 것이다. 엄마는 갓난아기이던 나를 어떻게 키웠을까. 아기였던 내가 이만큼 클 때까지 나를 키워 온 엄마의 시간이 궁금했다.

"너희는 손 하나 안 대고 키웠지."

가끔 엄마에게 우리 남매를 어떻게 키웠냐고 물으면 엄마는 손 하나 안 대고 키웠다고 답하곤 했다. 그 말은 우리가 알아서 컸다는 말이었다. 혼자서는 움직이지도 못하는 갓난쟁이가 정말로 스스로 컸을 리 없는데 엄마는 우리 남매에게 해준 것이 많지 않아 미안하다는 말을 늘 이런 식으로 했다. 너희는 손 하나 안 대고 키웠다고, 너희는 알아서 컸다고. 하지만 하루나 이틀로 끝나지 않았을 아기를 보살피는 시간을, 그러다 어느새 엄마 자신은 희미해진 세상을 얼마나 힘겹게 받아들였을까.

엄마가 우리만 바라보는 사이에 젊음은 쉼 없이 흘러 버렸고, 그 틈에 세상의 많은 것들은 순식간에 변해 버렸다. 엄마의 방향은 늘 우리를 향해 있었고 좀처럼 세상의 변화에 시선을 두지 못했을 것이다. 마치 눈과 귀가 갑자기 어두워진 것처럼 엄마는 사회의 흐름에서 조금씩 물러나게 되었다. 세상의 크고 작은 변화에 발맞추어 따라가지 못했던 건 엄마 스스로가 우리 남매의 세상이 되어야 했기 때문이었다.

살면서 엄마의 눈과 귀가 되어야 하는 순간이 많았다. 부끄럽게도 그럴 때마다 나는 종종 귀찮다며 투정을 부리곤 했다. 핸드폰으로 입금을 대신해 주어야 하는 순간이나 이사를 할 적마다 번거롭게 서류를 정리해야 할 때마다 신경이 곤두섰다. 내가 아이일 적에 엄마는 세상에 있는 전부를 수도 없이 읊어주고 설명해 주셨을 텐데. 오로지 엄마의 말만으로 세상을 접하고 닿았을 텐데. 별거 아닌 일을 버겁게 생각했던 내가 부끄러웠다.

엄마를 도와야 하는 순간이 오면 엄마의 시간을 자식에게 주었던 세월을 마주하는 것 같았다. 그 세월을 직면하는 게 힘들어 외면하게 되었던 것 같다. 엄마의 삶을 펼쳐보아야 하는 순간을 받아들이기가 쉽지 않아 자꾸만 미루고 접어두었다. 미안함의 감정이 찾아오는 순간을 모른 척하고 싶었다. 그런 날이 잦아질수록 엄마의 세상은 더 외로웠겠지. 그동안 내가 미안해지기 싫어서 엄마를 쓸쓸하게 만들었던 시간이 후회되었다. 이제는 내가 엄마의 손을 잡아줄 수 있는 어엿한 어른이 되었다. 엄마의 주름진 손이 더는 힘들고 고단하지 않도록 앞으로는 내가 엄마의 곁에 머물며 두 손을 꼭 잡고 있을 것이다. 서로를 위해서 살았던 지나간 시간을 바라보며 흐뭇하게 웃을 그날까지. 그런 결말이면 아무것도 더 바랄 게 없을 것 같다.

# 널 보고 있을게

다급한 것은 나만이 아닐 것이다. 소위 말하는 요즘 '젊은 사람'에 포함되는 세대는 대부분 다급할 것이다. 급하지 않더라도 무언가를 끊임없이 갈구하는 이들 사이에서 살아가는 마음이 편치만은 않을 것이다. 적어도 내 주변 또래들이 그랬고 내가 보는 사회의 모습이 그랬다. 여기저기 복잡하게 연결되어 있으면서도 가끔 섬에 홀로 놓인 듯한 처지가 된 기분을 떨칠 수 없을 것이다.

손가락을 몇 번만 움직여도 핸드폰에서는 내 또래에 성공한 사람들의 이야기가 쏟아져 나왔다. 그 작은 네모가 우리를 얼마나 다급하게 만드는지. 일정한 궤도를 그리며 빠르게 질주하는 사회에서 여유를 갖는 건 오히려 숨이 턱 막히는 일이었다. 누구나 인정하나 누구도 입 밖으로 꺼내지 않는 계층이나 명백히 나뉜 서열을 모르지 않았다. 그리고 자신이 가진 것들을 업그레이드시켜야 한다는, 무엇이든 성취해야 한다는 쓰디쓴 갈급함이 사람들을 내버려두지 않았다.

내가 만났던 대부분의 젊음은 힘들이지 않아도 스스로 갈증을 느꼈고 곤욕스러워했다. 다들 삶의 중심을 붙잡고 서 있다기보다 비스듬한 채로 세상에 매달려 있는 듯했다. 내게도 마음을 갉아먹는 불안과 조급함이 자주 찾아왔다. 그런 마음이 갑자기 커지는 날이면 나를 안심시키는 든든한 말이 있다. 앞으로를 함께 하기로 약속한 사람의 든든하고 다정한 말.

"세월이 지나도 내가 널 보고 있을게."

산책을 하며 두런두런 이야기를 나눌 때였다. 더 늙기 전에 얼른 성취를 이루어야 한다고 조급해하는 나의 말에 그는 이렇게 대답했다. 세월이 지나도 내가 널 보고 있겠다고. 나이가 들어 젊음이 사라진 때에도 널 보고 있겠다는 말에 코끝이 찡해져 하마터면 눈물이 왈칵 쏟아질 뻔했다. 성벽처럼 높은 세상의 기준에 도달하고자 애쓰던 내 마음을 안아주는 듯했기에. 언젠가 젊음에서 버려지는 날이 오더라도 혼자가 아니라는 생각에 마음이 놓였다. 마음을 다해 나를 바라봐주는 한 사람만 있다면 그것만으로 충분했다.

드높은 사회의 기준을 계산적이고 세속적이라며 나무라

고 싶지는 않다. 누구나 열심히 노력해서 현재보다 더 윤택한 삶을 꾸리고 싶은 건 같은 마음일 테니. 하지만 그런 세상의 잣대만이 옳은 것은 아니다. 때로는 그런 기준을 뛰어넘을 수 있는 것도 분명히 존재한다. 이를테면 아주 먼 나중까지 너를 보고 있겠다는 마음 같은 것. 그 사람 앞에서는 휘몰아치던 다급한 기운이 잠시 숨을 멈춘다. 그때도 변하지 않고 날 보고 있겠다는 마음 앞에선 아무리 혹독하고 매몰찬 무엇이라도 멈출 것이다.

오늘도 커튼 사이로 어제와 같은 햇살이 내리고 무미건조한 표정으로 침대 위를 정리하며 하루를 준비한다. 짙은 잿빛으로 물든 현실이라도 누군가의 마음을 떠올리면 금세 봄볕으로 가득해진다. 나에게 한결같이 보내는 그치지 않는 각별한 마음. 아무리 지쳐도 그 환한 마음 앞에 서면 꿈을 이루고 싶다는 결심을 더 단단히 묶게 된다. 목표에 다다른 나를 바라보며 환하게 웃고 있을 그 사람의 모습을 떠올리게 된다. 그런 마음 앞에서는 각별한 마음으로 하루를 시작할 수 있게 된다. 세월이 지나도 흐릿해지지 않을 마음을 안고서. 아주 오랜 시간이 지나도 그때까지 나 역시 널 보고 있을게. 이런 내 마음도 네게 들렸으면 좋겠다. 너도 무언가에 휩쓸리거나 갇혀 있을 때 내 마음을 듣고 다시 일어설 수 있었으면 좋겠다.

# 희미한 마음

나란히 골목을 걸으며 요깃거리를 나누어 먹기 좋은 저녁이었다. 해는 저물어가고 건너편에서는 성급한 달이 우리를 비추고 있었다. 걸음의 보폭을 맞추어 선선한 바람에 몸을 맡기듯 낯선 동네를 걸었다. 커피 한 모금에 사진 한 컷, 구석구석 둘러보고 또 한 장. 편안하고 애틋하면서도 곧 다가올 헤어짐에 더 애틋하고 아까운 순간이었다. 그와 함께 있는 수많은 순간 중에서도 유난히 담아두고 싶은 찰

나였다.

그는 내게 참 고마운 사람이다. 새로운 무언가에 다가설 때마다 자주 머뭇거리고 그러다가 제자리에 주저앉아 버리는 나를, 나약하거나 볼품없다고 여기지 않았다. 오히려 끝까지 믿어주고 바라봐주는 사람이었다. 나조차도 자신을 믿지 못하고 말끝을 흐리거나 발밑을 내려다보는 순간에도 그랬다. 내 등 뒤에서 든든하게 버티고 서 있는 사람이 있다는 사실만으로 얼마나 큰 위안이 되는지.

인생에서 갈피를 잡지 못하고 마음이 휘청이는 순간마다 두 손을 내밀어 잡아주는 그 사람을 떠올리면 곧장 중심을 잡을 수 있었다. 그는 나에게 확신과 믿음을 끊임없이 보내주었고 그 마음이 내게 닿을 때면 목표에 다가서는 상상으로 부풀어 올랐다. 그는 희망으로 다가서는 계기가 되기도 했고 목표를 이루고 싶은 타당한 이유가 되기도 했다. 비좁은 자리에 서서 꿋꿋하게 버티고 이겨낼 수 있다는 확신 그 자체 같은 사람.

내가 정말로 해낼 수 있는 사람일까. 나를 애틋한 시선으로 보듬어 주는 그 사람의 마음 앞에서는 이런 의심과 나약함을 내려놓게 된다. 되돌아보면 나를 웃게 하고 움직이게 했던 건 언제나 희망을 놓치지 않게 해준 희미한 마음이었다. 누군가 보내주는 희미한 응원, 그런 마음에 기대어 내보는 희미한 용기. 어느새 그 사람 앞에서 능청을 피우며 걱정 없이 웃고 있는 나를 발견한다.

그래서 나도 무언가를 해내고 싶은데 자꾸만 뒤로 물러서는 사람을 만나면 똑같이 희미한 마음을 전해주곤 한다. 마음만 먹으면 뭐든 할 수 있다는 막연한 말일지라도, 누군가에게 닿을 때면 희미한 시작으로 새롭게 거듭날지도 모르니. 꿈을 이룬 결말에 이르게 되는 건 소설에만 존재하는 것은 아닐 거라고. 꿈이 실현된 날을 언젠가 만나게 될 것이라고 끝없는 믿음을 포개어 준다. 그렇게 사람들이 겹쳐준 희미한 위로는 차곡차곡 쌓여서 끝내 선명한 빛이 될 거라고 믿는다.

"희미한 마음은 그렇게 선명해질 것이다."

# 또 하나의 시절

뜻하는 바가 같다는 것에 대해 생각해본다. 누군가와 미음이 맞닿는 지점이 있다는 건 생각보다 훨씬 큰 힘을 가지고 있었다. 서로를 끌어당기며 응축된 힘이 확장된다고 할까. 나이도 하는 일도 제각각인 우리는 동네 책방에서 우연히 만났다. 한 번이 반복되어 여러 번이 되었고 눈도 마주치기 어색했던 사이에서 눈만 마주쳐도 반가움을 표현하는 사이가 되었다. 뜻하지 못했던 곳에서 마주한 선물 같은 인연이었다. 그렇게 우리는 서로가 연결되고 있다는 사실을 이미 눈치채고 있었다.

그해 12월의 가장 추운 어느 날이었다. 추위에 약하다는 말을 듣고서 우리가 서로를 알게 된 지 일 년이 채 되지 않았다는 걸 알게 되었다. 한 해를 넘기기도 전에 우리는 몰라보게 가까워졌다. 우리가 더울 때 처음 만났구나. 서로의 삶에서 애틋하게 여기는 요소가 같다는 건 서로를 결속시키는 힘을 가지고 있었다. 여름에서 겨울까지 이르는 계절의 속도를 뛰어넘을 만큼.

내 일상은 딱히 특별할 게 없었다. 같은 시간에 일어나 어제와 비슷하게 생활하고 똑같은 내일을 준비하는 일이 반복되었다. 물론 그런 일상이 나쁠 건 없었지만 그렇다고 딱히 궁금하진 않았다. 눈을 뜨고 하루를 시작하는 게 그저 그런 날들. 일을 관둘 용기는 없고 그렇다고 새로운 도

전을 할 용기는 더 없어서 현실을 그대로 안고 살아가는 날들이 많았다. 평범하다는 단어도 이제는 너무 평범하고 지루해서 어떤 형용도 하고 싶지 않은 무의미한 일상이 이어졌다.

그렇다고 해서 마음속에 품은 꿈마저 평범하고 지루한 건 아니었다. 가슴 속에서는 매일같이 남몰래 숨겨둔 설렘이 움찔거렸다. 그리고 우리는 알고 있었다. 서로의 마음속에 비슷한 꿈이 꿈틀대고 있다는 것을. 불투명한 미래라고 해서 뜻하고 있는 소망까지 멈춰 있는 선 아니었다. 살면서 자신을 이해하는 사람을 만난다는 건, 자신과 비슷한 사람을 만날 수 있다는 건 엄청난 기쁨이었다. 내가 귀하게 여기는 무언가를 나와 같은 마음으로 소중히 대하는 사람을 만나는 일. 그렇게 마음을 나누는 일은 누구에게나 오는 당연하고 쉬운 행운이 아니었다.

아직도 그날을 기억한다. 한낮에도 영하의 기온이 계속되는 매서운 추위가 이어지는 날이었다. 잠깐만 걸어도 손이 얼고 있다는 게 감각되는 혹독한 한기를 이겨내고 들어선 책방에는 반가운 얼굴이 가득했다. 서로의 꿈이 닮아 있다는 건 걷고자 하는 길이 비슷하다는 걸 의미했다. 오늘의 우리가 공유할 이야기가 많다는 그것을 뜻하기도 했다. 그러므로 그런 이야기에 둘러싸일 때면 추운 날씨뿐만 아니라 인생에서 마주하는 매서운 것들을 견딜 힘이 생기기도 했다.

이곳에서 얼마나 많은 용기를 성처럼 짓고 어찌나 풍성한 위로를 가꿨는지. 담요를 두르고 난로 앞에 서면 웬만한 추위는 별거 아닌 일이 되듯이, 그들은 꿈을 향해 버티고 견디다가 지칠 때 잠시나마 기대어 쉬게 하는 온기 같은 존재였다. 차갑고 모진 날이 올 때면 우리가 뜨겁게 꿈을 꾸던 이 시절을 기억할 수 있기를 바랐다. 우리는 마치 엄청난 비밀을 공유한 순수한 아이들처럼 춥고 바람 부는 거리를, 또 하나의 시절이 될 지금을 담대하게 걸어갔다.

"하나의 시절로 기록될 반짝이는 오늘을."

# 걱정하지 않는다

직장에서 내 생각을 숨기지 않고 소신껏 말한 건 꽤장히 드문 일이었다. 그날은 내게 적대적인 감정이 있는 사람에게 반감의 열기를 식히지 않고 말했다. 평소와 다른 방식으로 말을 꺼낸 순간부터 계속 마음이 불편했다. 분명 처음부터 그렇게 말하려고 했던 건 아니었다. 왜 그렇게 감정을 다 드러내며 말했을까. 퇴근 시간이 되어 노트북을 정리하고 집에 도착해 이불을 덮는 순간까지 쉬지 않고 후회했다.

말 한마디 공손하게 하는 게 뭐가 그렇게 힘들다고. 그런 날은 잠이 잘 오지 않았다. 감정을 앞세우지 않고 논리적으로 설명해도 되는 문제였다. 지나치게 날카로웠던 말, 굳이 보태지 않아도 되었던 말이 밤의 끝을 붙잡고 놓아주지 않았다. 아무리 잠을 청해도 거절당하는 쓸쓸한 밤에 대뜸 친구에게 전화를 걸었다. 고작 말 한마디를 예의 있게 하지 못해 사회생활을 망치고 있다는 하소연을 구구절절 늘어놓았다. 친구는 내 이야기를 가만히 듣다가 말을 건넸다.

"있잖아, 나는 너 걱정 안 해."

친구는 늘 내게 걱정하지 않는다는 말을 자주 했다. 걱정할 필요 없다는 말로 내가 가진 걱정이 아무 힘도 발휘하지 못 하게 했다. 너를 걱정하지 않는다는 말. 다른 누군가에게서 들었다면 서운하고 섭섭한 말이 되었을지도 모른다. 걱정하지 않는다는 건 누군가를 위해 염려하는 마음이 없다는 뜻이니까. 그런데 친구에게서 들은 말은 겉뜻과 달리 나에 대한 애정으로 가득 차 있었다. 친구는 언제나 나의 부족한 면보다 좋은 면을 훨씬 크게 봐주었다. 내가 상대방의 상황과 마음을 살필 줄 알고 그의 입장을 헤아려 말을 조심할 줄 아는 사람이라고 했다. 그런 네가 그랬다면 그건 분명 그럴 만한 이유가 있었을 것이라고. 친구는 나보다 나를 더 잘 안다는 듯이 나에 대해 설명했다.

말이 지닌 감정과 기운은 그 말을 한 사람의 기운을 닮아간다. 친구 앞에 서면 친구가 가진 성실함이나 배려심이 내게 옮겨지는 듯했고, 그런 친구의 반듯함을 보고 있자면 나도 괜찮은 사람이 되고 싶다는 마음이 들었다. 내가 따뜻하고 좋은 사람이라고 확신에 차서 말하는 친구 앞에서, 실제로 그런 사람이 된 것만 같았다. 그 말이 나를 붙잡아

준 덕분에 나는 다음 날도 기죽지 않고 출근하고 버틸 수 있었다. 내가 스스로를 괜찮은 사람이라고 믿는 일을 포기하지 않도록 해주었다.

친구와 통화를 마치고 누워서 천장을 바라보았다. 쉴 틈 없이 나를 따라다니던 고민이 조금씩 사위어갔다. 자꾸만 꼬리에 꼬리를 무는 걱정을 과감하게 끊어내고 손바닥으로 푹신한 이불을 어루만져 보았다. 말에도 솜이불을 만질 때 느껴지는 포근함이 담겨 있다는 생각이 들었다. 나를 인정하고 긍정하는 말의 촉감. 그 말이 주는 위안에 안겨 현실에서 맞는 고됨을 견딜 수 있었다. 내게 찾아온 일들을 회피하지 않고 이겨낼 수 있다는 울림이 척박해진 마음의 빈틈을 채워주었다. 눈을 감아도 마음만은 어둡지 않은 채로 잠을 청할 수 있었다. 그렇게 걱정하지 않는다는 말에 담긴 믿음에 기대어 정말로 걱정 없이 잠들 수 있었다.

# 인간 딸기우유

내 옆자리에 앉은 선배는 모든 일에 책임감이 강했다. 그건 겉으로 과시하기 위한 허울이 아니라 진심이 담긴 성실과 사명이었다. 일에 대한 확신과 용기가 있고 그 마음을 행할 수 있는 능력까지 따라주는 빛나는 사람. 그런 선배를 보며 매일같이 배우고, 따르고, 때때로 감탄했다. 일을 처리할 때 느껴지는 깔끔함이나 쌓아온 경력에서 느껴지는 능숙함도 좋았지만, 선배에게서 가장 배우고 싶었던

점은 타인의 마음을 느긋하고 편안하게 해주는 다정함이었다. 선배가 가진 따뜻함을 닮고 싶었다.

　선배와 대화를 하고 나면 쓸모없는 상념들이 빠져나가고 있다는 기분이 들었다. 괴롭고 어려운 순간에도 선배와 대화를 하고 나면 그게 뭐든 극복할 수 있겠다는 자신감의 길로 어느새 진입하고 있었다. 마치 오래전부터 알고 있던 사람처럼 허물없이 지낼 수 있었던 건 나를 공들여 설명하지 않아도 이미 인정하고 있다는, 그래서 내 마음을 제대로 읽어주고 있다는 믿음이 있었기 때문이었다. 그러면서도 선배는 자신이 사람들을 도와준 일이나 전체를 위해 남몰래 양보한 일 같은 희생의 영역을 생색내려 하지 않았다. 자신의 가치는 외부로부터 결정되지 않는다는, 그런 고귀한 가치는 타인으로부터 생기는 게 아니라는 사실을 아는 사람 같아 보였다.

진지하고 의젓할 것만 같은 선배는 지낼수록 의외로 말 수가 많았고, 되도록 크게 웃었으며, 무엇보다 타인에 대한 관찰력이 대단히 뛰어났다. 그러니까 존재만으로 주변을 산뜻하고 환하게 밝히는 조명 같은 사람이라고 해야 할까. 아침 시간 대부분을 선배 덕분에 웃으면서 시작했다. 그날도 선배는 자신의 능력을 한껏 발휘하여 나를 웃게 해 주었다.

"오늘 딸기우유 같아요. 인간 딸기우유!"

언젠가 체리가 그려진 흰색 반팔 티셔츠에 분홍색 슬랙스 바지를 입고 출근한 적이 있었다. 내 모습을 보고 선배는 '딸기우유'라는 별명을 붙여 주었다. 딸기우유라니, 그것도 인간 딸기우유. 이렇게 귀엽고 사랑스러운 표현이 또 있을까. 나를 동생처럼 아끼는 마음이 짙게 묻은 달콤한 말이었다. 말에서 딸기우유를 뜯었을 때 느껴지는 달짝지

근한 향기가 풍겨 오는 듯했다. 그게 결국은 인공의 향인 줄 알면서도 적당한 달달함이 기분을 들뜨게 만드는 것처럼, 선배의 다정한 말은 마음을 즐겁게 하는 굉장한 힘을 가지고 있었다. 괜히 날이 선 순간에도 화가 사르르 녹아내려서 그다지 화낼 일이 아닌 것처럼 느껴지기도 했다.

어느 순간부터 내게 직장은 괜한 미움을 받거나 타박을 당하지 않는 것만으로도 다행인 곳이었다. 겉으로는 챙겨주고 잘해주는 척했지만 뒤돌아서는 험담을 하는 사람도 있었고, 후배의 입장은 고려하지 않고 자신의 가치관만 강요하는 사람도 있었다. 또는 타고난 성향 자체가 전혀 맞지 않아서 함께 일하는 것 자체가 서로에게 독이 되는 어쩔 수 없는 사람도 있었다. 상황은 달랐지만 어떤 경우도 한 발짝 물러서야 하는 건 내 쪽이었다.

그런 곳에서 들은 딸기우유라는 앙증맞고 사랑스러운 별

명은 이전에 받은 설움까지 모두 녹여 주었다. 말에 내포된 기운은 이렇게 시간의 터널을 자유롭게 넘나드는 듯했다. 무슨 일이 생겨도 생크림 같은 선배의 말 한마디면 금세 괜찮아졌다. 아이에게나 할 법한 유치한 칭찬을 듣고 나면 왠지 모르게 어린 시절에 유치원에서 했던 생일파티 장면이 떠올랐다. 알록달록한 풍선 하나에도, 화려한 고깔모자 하나에도 금세 해맑아지던 시절로 돌아간 것만 같았다.

그러고 나면 무슨 일이든 선배처럼 의연하고 능숙하게 해낼 거라는 어른스러움이 씩씩하게 자라났다. 아무래도 다음에 돌아올 여름에도 선배가 생각날 것 같다. 체리가 그려진 반팔 티셔츠를 꺼낼 때마다, 분홍색 슬랙스를 입을 때마다 선배의 아기자기한 말이 떠오르겠지. 마음을 환하게 해주던 애정과 예쁨이 가득한 말들이 풍선처럼 둥실둥실 떠오를 것이다. 그때마다 그 말이 주는 따스함의 순간으로 초대를 받는 기분이 들 것만 같다.

3부

✦ ✳ ✦

시들지 않는
빛이 된 기록

# 밑줄 친 기억

말, 사람의 생각이나 느낌 따위를 표현하고 전달하는 데 쓰는 음성 기호. 오늘도 얼마나 많은 '말' 속에서 무수한 시간을 보냈을까. 말이 없는 세상은 상상할 수 없다. 말이 주는 기쁨, 말에 걸어보는 기대, 말을 하기 위한 용기, 말로만 외치는 공허함, 말로 인한 상처. 말은 곧 사람의 마음을 대신한다.

그동안 마주했던 수많은 말 중에서 내 곁에 남아 맴도는 말들을 떠올려 본다. 어떤 말은 어린 시절부터 가슴에 박혀 어른이 되도록 빠져나오지 못했다. 어느 말은 오기와 끈기가 되어 내가 다짐하고 결심하도록 만들었으며 가슴을 두근거리게 하기도 했다. 그러다 입버릇처럼 말로만 반복하던 미래가 어느새 오늘이 되기도 했다.

말은 때때로 숨기고 싶은 속내를 감추는 유용한 수단이 되기도 했다. 누군가는 말 하나에 놓쳤던 꿈을 다시 쥐어 보기도 했으며, 어떤 이는 뱉은 말을 지키기 위해 자신의 평생을 쓰기도 했다. 말은 목적과 의도가 같을지라도 어떤 단어를 쓰고 어감을 가졌는지에 따라 전혀 다른 의미가 되었다. 사람을 만나 말하기를 좋아하고 게다가 말하는 직업까지 가진 나는 말을 조금 더 세밀하게 들여다보게 되었다. 말이 가진 힘이 무엇인지 궁금했다.

아이들을 가르칠 때 말 하나에 사람의 마음이 얼마나 달라질 수 있는지 얘기하곤 했다. 말을 단정하고 따뜻하게 잘해서 어디서든 호감을 얻고 어여쁨을 받길 바라는 마음으로, 본심은 그게 아닌데 아무렇게나 표현해서 괜한 질투와 미움을 받지 않았으면 하는 마음으로. 자신을 대신해 줄 말을 소중히 여길 줄 알고 결코 말에 끌려다니지 않으며, 제 의지대로 말을 능숙하게 다뤘으면 했다. 날아갈 듯한 환희의 순간도 말로 전할 수 있었으면, 인생 전체가 망가졌다는 기분이 들 때도 말 하나에 기대어 무너지지 않았으면 했다.

"그저 말 한마디일 뿐인데."

말에 지나치게 많은 의미와 생각을 두고 사는 것은 아닐까. 매번 말을 섬세하게 느끼며 산다는 것이 가끔은 번거롭고 거추장스럽기도 했으나, 이내 말을 좋아하는 사람이라는 사실이 내 삶의 폭을 넓혀준다는 걸 받아들이게 되었다. 말이 내가 볼 수 있는 세상의 채도와 농도를 더 다양하게 만들어 준다는 사실에 기뻐하게 되었다. 그러므로 새로운 말이 다가오는 그 순간을 기다리게 되었다. 그런 날이 내 삶에 자주 찾아와주기를.

이토록 많은 말을 하고 듣게 되었으므로 내 삶은 안도하고, 쓸쓸하고, 고단하고, 미워하고, 기쁘고, 활기차고, 감격스러웠다. 그 말들은 또 다른 세상을 열어주는 하나의 열쇠가 되어 수많은 날을 내게 전해주었다. 언젠가 다시 떠올려 품에 안겼으면 하다가도, 어떤 날에는 소리 없이 사라졌으면 하는 기억들. 겨우내 피운 풀 한 포기 위에 내리는 한낮의 봄볕을 닮아 잊히지 않는 기억들. 그 아래 밑줄을 그어 기록해본다.

# 무사히 도착할 봄

에세이를 읽다 보면 계절에 관한 이야기가 많다. 사람의 체온을 다르게 측정하는 방법이 있다면 날씨일 것이다. 햇볕의 양에 따라, 구름의 무게에 따라, 바람 소리의 높이에 따라 사람들은 다르게 느끼고 반응한다. 사람들은 계절마다 다른 감정의 옷을 입고 또 다른 시선으로 세상을 품는 듯하다. 삶의 풍경을 다르게 바꿔주는 계절의 흐름이 자주 글에 등장하는 것은 마음을 자극하기 때문일 것이다. 마음을 흔드는 계절의 부름에 답할 수 있다는 사실이 얼마나 황홀한 일인지. 계절이 내뿜는 분위기와 여기저기에서 퍼져나온 내음을 살뜰히 챙긴다.

시집을 펼치거나 소설을 읽을 때면 계절이 묘사된 장면과 심심찮게 마주친다. 그럴 때면 내가 경험했던 계절의 온도가 고스란히 손끝에 스며오는 것 같다. 글이 구축한 세상이 담긴 페이지를 읽으면 수많은 기억이 피어오른다. 밑줄 친 기억으로부터 전해오는 시리고 따스한 온도가 어찌나 다양한지. 때로는 차갑다 못해 따가웠다가 어떤 날은 반갑다 못해 마냥 설레기도 한다.

계절은 시간의 흐름을 가늠하기에도 유용하다. 벌써 몇 번째 맞는 봄일까. 누군가는 하릴없이 한심하다고 여길 정도로 봄날에 푹 빠져 실컷 허우적거리고만 싶어진다. 아무리 서리가 내리고 눈발이 흩날리는 날이 반복되어도 결국은 시간에 못 이겨 증류되고 기어이 봄은 온다. 봄은 찾아오겠다는 약속을 어긴 적이 없었다. 해마다 많은 것들이 자주 변하기도 하고 닳아서 없어지기도 하지만 계절만은 변수가 없다는 것에서 가끔은 이름 모를 안도를 느끼기도 한다. 그래도 봄은 오는구나. 끝내 달라지지 않은 무언가도 세상에 있다는 것을 느낄 때 오는 안정감. 그렇게 봄은 매번 찾아올 거라는 당연하고 다행인 믿음을 준다.

달력이 가리키는 날짜는 2월 27일이다. 겨울이 지고 봄기운이 불어오는 시기이다. 창밖은 햇살로 가득한데 막상 현관을 나서면 찬 공기에 멈칫하게 만드는 날씨. 사람들의 마음을 봄을 향한 기다림으로 간지럽힌다. 차라리 애태운다고 해야 할까. 기나긴 추위를 이겨내고 조금씩 다가오는 봄을 반기기 위해 사람들은 말끔한 운동화를 신고 현관 앞에서 종종거리는 듯하다.

하물며 인생이라고 계절과 다를까. 뜻하지 않은 상황과 고민 속에 놓인 적이 수도 없이 많았으나 지나고 보면 모두 아무것도 아닌 것들이었다. 그런 걱정들 때문에 아무것도 하지 않은 채로 보내버린 유약한 계절들이 얼마나 아까운지. 살면서 떠나보냈던 날 중에 아쉽지 않은 시간은 없었으나 유난스럽게 매섭고 아팠던 시절은 누구에게나 있을 것이다. 끝내 쉽게 돌아서지 않고 내 곁을 떠돌며 자꾸만 떠오르는 날들도 분명 있을 것이다.

"봄은 무사히 오게 되어 있어."

아무리 힘이 세고 방탕한 여름이라도, 소멸의 기운을 몰고 오는 가을이라도 결국 지나게 되어 있다. 무사히 시간을 통과해 우리를 지나쳐갈 테지. 그러니 어둠에 잠식될 즈음이면, 사는 게 긴 터널처럼 지겨울 때면 봄을 기억해야겠다. 더는 못 견딜 만한 버거운 겨울도 결국은 제 손에

쥐고 있던 추위를 놓게 되기 마련이니. 겨우내 차디찬 눈송이가 내리던 자리는 어김없이 봄꽃이 차지하기 마련이니. 이제 곧 지척에서 헤엄칠 봄기운을 만끽할 차례이다.

다시는 떠올리고 싶지 않은 괴로운 기억도, 힘들고 지쳤던 날들도 전부 과거로 밀려날 것이다. 세월에 여과되어 별거 아닌 존재로 남게 될 날이 올 것이다. 봄은 무슨 일이 있어도 무사히 도착하기로 했으니, 이제 곧 흩어질 삶이 무용하지 않도록 두 손으로 붙잡을 차례이다.

# 서서히 내리는 빛

　일하면 쉬고 싶고 그래서 쉬면 다시 일하고 싶어지는, 지겹도록 계속되는 삶의 굴레에 대해 생각해본다. 도무지 끝나지도 끊어지지도 않을 것 같은 이 속박에서 몇 해째 헤어나지 못하고 있는 걸까. 분명 올해도 내년에도 이어갈 것이다. 오늘도 수건으로 긴 머리카락의 물기를 닦아내며 생각했다. 아침에 일어나서 드라이기로 머리를 말리지 않고 자연 건조되도록 아무렇게 내버려 둘 수 있는 삶이 과연 내 생에도 찾아올까.

매일 똑같은 일상이 반복되는 삶. 그걸 견디는 성실함과 꾸준함은 살면서 만들어지는 걸까, 아니면 타고나는 걸까. 극단에서 연극을 하며 10년이 넘는 무명 생활을 견디고 끝내 50대가 되어서 주연의 자리를 얻어낸 배우의 인터뷰를 봤다. 환하게 웃을 때마다 세월만큼 접히는 주름에는 그의 인고와 노력이 깃들어 있었다. 동시에 그 시절을 어떻게 견뎠는지 묻고 싶었다. 돈이 없는 설움은 둘째 치더라도 끝내 가까운 사람들, 이를테면 가족이라든지 친구라든지 심지어는 애인에게까지 도움을 받아야 하는 상황을 버틸 수 있는 원동력은 무엇이었을까. 그런 시간을 어떻게 악착같이 이겨낼 수 있었을까.

무엇이 그를 멈춤 없이 나아가기를 지속하게 했는지 궁금했고 더 정확히는 부러웠다. 요즘의 나는 자주 멈췄고 그다음에는 쉽게 움직여지지 않았으므로. 그저 지구의 자전인지 공전인지 하는 것들과 비슷하게 아무런 감정 없이 그저 시간을 돌고 있는 것 같았으므로. 그의 성공보다는 견딤과 계속이 대단했고 닮고 싶었다.

올해는 자꾸만 연습하게 됐다. 예전에는 연습 따위는 필요 없이 당연히 만끽하던 것들이 요즘은 힘을 들이고 애를 써야만 느껴지고 소중해졌다. 예를 들면 오늘도 건강하게 눈을 뜨고 하루를 시작하는 것이 귀하다는 생각, 누군가 내 곁에 있어 주는 것만으로도 감사하다는 마음, 그러므로 나의 일과 사람을 사랑하며 사는 것만으로도 충분히 가치 있는 삶이라는 신념. 내 삶의 기틀이 되고 중심이 되었던 가치관이 흔들리면서 자꾸만 내 일상도 휘청거리게 되었다.

수분이 다 빠지고 생기를 잃어 점점 갈색이 되어가는 잔

디처럼 음울하게 변하는 내 모습이 답답했다. 아무것도 하지 않고 놓아버릴수록 삶은 더 잿빛에 가까워졌다. 뚜렷한 성과가 없는 글쓰기나 독서가 무의미하게 느껴지기도 했다. 앞으로 나아갈 뚜렷한 목적 없이 그저 시간을 견디는 건 무모할 만큼 확률이 낮은 꿈을 꾸는 것보다 더욱 어두컴컴한 날들이었다. 그렇게 스스로 만든 터널을 혼자서 터덜터덜 걷고 있는데 문득 이런 생각이 들었다. 언젠가 색채를 잃은 잔디에도 연둣빛이 내릴 날이 오겠지. 어차피 견뎌야 할 어둠이 지나는 시간이라면, 차라리 그 시기를 맨발로 춤을 추며 보내도 좋겠다는 생각이 들었다.

"이 밤에도 언젠가 서서히 빛이 내리겠지."

어차피 어긋난 마음 상태라면 이렇게 된 김이 마음대로 걸어봐야겠다는 생각이 들었다. 나에게 주어진 이 시간은 덤이라고 생각하기. 그래도 손해가 아니라는 이상한 계산을 하고 나서부터는 삶을 대하는 자세가 달라졌다. 갑자기 깜깜했던 터널이 내 멋대로 아무거나 그려볼 수 있는 까만 도화지가 된 듯했다. 그렇게 까만 밤하늘에 매일매일 다른 빛을 비추는 조명을 켜두었다. 낯가림이 많지만 낯선 사람을 만나기를 주저하지 않았고, 주저하기에 익숙하지만 무엇이든 멋쩍어하지 않고 경험했으며, 이득과 손해를 계산하지 않고 나답게 하는 취미와 취향에 몰두했다.

무기력한 상태를 이겨내고 밖을 나서자 거리는 어수선한 내 마음과 다르게 초록으로 가득했다. 초여름의 한낮은 다른 계절보다 환함의 정도가 더 밝았던 것 같다. 꽤 오랫동안 마주하지 못했던 밝고 또렷한 햇볕이 참 반가웠다. 왠지 명도와 채도가 더 높은 것 같고 그래서 마음이 아득해지고 벅차오르는 것 같았다. 무엇이라도 포기하지 않는다면 할 수 있으리라는 자신감도 차올랐다. 때로는 문밖을 나서기만 해도 세상 전부가 달라 보이기도 한다.

이토록 계절은 멈춤 없이 흐르고 그에 맞추어 내 시간도 차근차근 흘러가고 있다. 나의 계절에도 여러 가지 모양의 날씨가 찾아올 것이다. 가끔은 갈 길을 잃어 방황하기도 하고 갈피를 잡지 못해 헤매기도 할 테지만, 끝내 오늘을 여름의 빛처럼 기쁘게 추억할 수 있기를 바란다. 길을 잃더라도 스스로에게 돌아오는 길을 알고 있기에. 서서히 내리는 빛을 따라 걸어오면 된다.

# 저녁을 짓는 시간

도마 위에 주황색 당근과 연초록의 애호박을 차례대로 올려놓았다. 둘을 비슷한 크기로 촘촘하게 썰었다. 당근은 익는 시간이 오래 걸리는 채소라서 미리 달궈 둔 프라이팬에 먼저 올렸다. 다음은 애호박을 볶기 시작했고 염분이 많은 햄을 더해 간을 맞추었다. 볶음밥은 적당히 짭짤하면서 고소하고 담백했다. 냄비를 꺼내 물로 헹구고 육수를 부어 놓고 불을 올렸다. 김칫국을 끓이기 위해 파와 콩

나물을 다듬고 김치와 버섯을 알맞게 썰었다. 김이 나기 시작하자 냄비에 다진 마늘과 고추장을 풀어 매콤한 맛을 더했다. 주방에 있는 작은 창문으로 불어오는 찬 바람에 국물을 식혀 한 숟갈 맛을 보니 얼큰하고 알싸한 맛이 평소보다 유난히 뜨끈했다. 입안에 적잖이 남은 매운 기운이 기분 좋게 맴돌았다.

인스턴트 식품을 조리해 먹는 일에 익숙했던 내가 얼마 전부터 음식 재료를 사다 놓고 손수 만들어 먹기 시작했다. 새로울 거 없는 흔한 재료로 만든 음식에서는 직접 만들어서인지 흔하지 않은 맛이 났다. 요리하는 시간은 생각보다 근사했고, 즐거웠고, 무엇보다 새로웠다. 음식을 만드는 동안 재료에 정이 든 건지, 음식을 만드는 과정에 푹 빠져서인지 내가 만든 음식의 맛은 더욱 또렷하고 생동감 있게 느껴졌다. 음식을 하는 내내 입가에는 설탕 같은 웃음이 진득하게 묻어났다.

예전에는 왜 엄마가 냉장고에 있는 재료를 까먹고 계속해서 새로운 찌개거리를 사다 놓는지 잘 이해가 되지 않았다. 그런데 음식을 만들어 먹기 시작하고서는 나도 모르게 계속 마트에 들르게 되었다. 신선한 두부, 양파, 시금치 같은 재료를 보며 저녁 메뉴를 떠올려 보는 기분이 제법 산뜻했다. 묵직해진 시장 가방을 들고 집으로 향하는 저녁 무렵. 어느 집에서 창문을 열어 놓았는지 복닥복닥 요리하는 소리가 들렸다. 바람을 타고 넘어온 구수하게 끓여지는 된장찌개 냄새와 불판 위에서 지글지글 구워지는 삼겹살 냄새에 발걸음이 빨라졌다.

저녁을 준비할 때면 엄마가 자주 떠올랐다. 엄마에게 하루의 고단함을 푸는 시간은 바로 요리를 하는 시간이 아니었을까. 싱크대에 물을 틀어 놓고 재료를 다듬고 있거나 가스레인지의 약한 불 앞에 서 있는 엄마를 그려본다. 엄마는 매끼에 올라오는 멸치볶음이나 연근조림과 같은 손

이 많이 가는 밑반찬뿐만 아니라 김장과 같은 번거로운 일
도 마다하지 않았다. 배추를 사다 소금에 절여 놓고 양파
껍질을 까서 소를 만들어 김치를 담그는 일이 피곤하고 힘
들었을 텐데. 이제 그만 김치 같은 건 사 먹자고, 아무리
말해도 엄마는 집밥에는 집에서 한 반찬이 있어야 한다며
한사코 마다했다.


"음식에도 마음씨가 있는 건 아닐까."


엄마가 당신에게 허락한 마음 편한 소비는 장을 보는 일
이었다는 것을, 이제는 알 것 같다. 당신이 맛있게 만든 음
식들은 모두 가족들에게 돌아갔으니 엄마에게 이토록 좋
은 명분을 주는 소비도 없었을 것이다. 누군가를 위해 그
런 음식을 하루도 빠짐없이 차리고 치웠을 엄마. 아마도
음식을 할 때면 앞으로도 자주 엄마가 떠오를 것 같다. 애
정을 담아 만든 음식은 그 자체로 하나의 마음이 된다는

걸 엄마에 대한 기억이 가르쳐주었다.

　대부분의 사람이 저마다 가지고 있는 입맛은, 이를테면 좋아하는 반찬이나 선호하는 맵기나 짠 정도는 집에서 먹고 자란 집밥으로부터 결정될 때가 많은 것 같다. 가족과 함께 먹었던 밥상에서 자연스럽게 식성이 만들어지는 거겠지. 그러고 보면 음식에도 누군가의 보살핌이 깃들어 있는 듯하다. 음식의 온기가 입안 가득 퍼질 때면 온종일 찬 곳에서 버텨 온 하루의 고단함을 녹일 수 있다. 그건 바로 서로의 마음을 나누어 먹었던 날들이 빼곡하게 채워진 덕분일 것이다.

　요즘은 내가 먹는 음식이 몸을 거쳐 곧 내 마음에 깃든다고 생각한다. 마음이라는 추상적인 영역에 음식을 더하는 일이 어울리지 않는 것처럼 보이지만 음식은 허기진 상태를 상쇄시켜 주는 것 이상의 가치를 가지고 있다. 어느 행복학자는 소중한 사람과 함께 밥을 먹는 일이 일상에서 누릴 수 있는 가장 큰 행복이라고 했다. 저녁 식탁은 우리가 생각하는 보편적인 행복의 모양과 가장 닮아 있는 것 같기도 하다. 몸과 마음이 동시에 휴식하고 편안해지는 시간. 그동안 나의 일상에 자주 있었던 행복을 짓는 시간을 제대로 알아채지 못하고 지냈던 것 같다.

어쩐지 좋아하는 사람과 함께 밥을 먹고 나면 지치고 힘들었던 몸이 되살아나고 마음에 활기가 드리우는 것이 느껴졌다. 비로소 마음의 허기가 채워진 것이다. 저녁 메뉴를 고르는 일이 즐거운 이유에는 어쩌면 행복과 관련된 더 본질적이고 근본적인 원인이 숨겨져 있는지도 모르겠다. 오늘 저녁에는 어떤 모양의 행복을 지어 먹을까. 벌써 행복한 고민이 보글보글 이어진다.

# 닿을 수 있어

    파도는 많은 걸 알고 있는 듯했다. 바다가 숨 쉬고 있다는 걸 증명이라도 하듯 쉼 없이 움직였고 그 동작은 왠지 다급하기보다는 여유로웠다. 파도의 미세한 오르내림과 거대하게 펼쳐진 굵직한 동선에 가만히 내 시선을 맡겼다. 시선을 내어주자 파도는 어느새 내 머릿속까지 밀려들어와 출렁거렸다. 나 역시 생각에 잠긴 채로 바다에 빠져들었다. 홀로 떠난 여행에서 자꾸만 생각이 밀려오는 건 아무래도 많은 걸 알고 있는 파도 때문인 듯하다.

형체와 빛깔을 고정하지 않고 모습을 바꾸는 파도를 보고 있으면 살면서 아쉬웠던 순간들이 문득 떠올랐다. 누군가를 미워하거나 탐탁지 않게 생각했던 감정들이나 어쩔 수 없다고 여기며 충동적으로 저지른 후회되는 일들. 문득 스치고 올라왔다가 울컥하고 또 숨어버리는 사람들. 끝내 완전히 지워지지는 않을 아픔들이 파도처럼 머물다 사라졌다.

바다로 향한 건 작년 여름이었다. 혼자서 짐가방을 무겁게 들고 기차에 올랐다. 내 어깨에는 기대와 걱정이 반씩 올라섰는데 그 무게가 짐을 꾸릴 때도 반영되었는지 평소보다 가방의 무게가 더욱 묵직했다. 기차, 해변, 파라솔 같은 단어를 나열하기만 해도 청춘의 이미지가 그려졌다. 사진 속에서 여름을 즐기는 청춘들은 나를 바다로 보내기에 충분했다. 상상만 했던 여름날의 빛나는 장면을 직접 목격하며 마음속으로 그들과 가까워졌고 점차 동화되었다. 해변에 발자국을 남기며 기꺼이 바다로 걸어가는 이들의 자유로움이 타오르는 태양보다 더 반짝였다.

저녁 어스름으로 물든 바다는 한낮과 다른 세상을 만들었다. 어둠이 내린 바다는 등대에 의지하고 있었다. 제 몸보다 훨씬 몸집이 큰 바다를 책임이라도 지려는 듯 등대는 꼿꼿했다. 등대가 있어 나 역시 소리 없는 바나 앞에서 외롭지 않았다. 등대를 향해 수없이 다짐한 나의 결심을 보냈다. 이 결심을 책임져달라는 응석이 담긴 심정으로. 모래사장 위에 서서 신발을 벗고 종일 데워진 모래의 온기를 느끼고 있었다.

밤이 되자 잦아들었던 바람은 더욱 거센 숨을 쉬었다. 밀물과 썰물의 반복. 파도의 형태가 어떻게 될지는 바람에

달려 있기에 파도는 무력했다. 모래 위를 오가던 파도는 포말이 숨을 거두는 순간까지 결국 나에게 닿지 못했다, 단 한 번도. 그렇게 내게 도달하지 못하고 허우적대는 파도를 보고 있자니 그 모습이 나와 비슷하다는 생각이 들었다. 결심과 다짐이 무거워 가라앉지 않도록 헤엄치지만 결국은 제자리인 나와 닮은 파도. 그러면서도 물결의 높이에 따라 끊임없이 오르락내리락하는 파도의 움직임이 애처로웠다.

그러나 내가 파도와 모두 같은 건 아니었다. 나는 파도와 달랐다. 내 모습이 어떻게 될 것인지는 바람과 같은 외부의 작용에 따라 달라지지 않았다. 내 안의 파도를 일으키는 것도 잠재우는 것도 모두 내 몫이었다. 바람이 멈춘 파도는 내게 끝내 닿지 못했지만 나는 언제든 꿈에 닿을 때까지 다시 일어설 수 있었다. 사납고 큰 물결을 만나 휘청거리고 물을 먹더라도 또다시 일어설 수 있다, 오직 내

의지대로. 사실은 꿈이라는 존재는 포기할지 말지를 선택할 수 있는 영역이 아니기에. 너울을 만나 거품처럼 연약해지더라도 맞서고 부딪히는 방법밖에 없다.

말 없는 파도는 이미 많은 걸 알고 있는 듯했다. 그새 파도와 울고 웃으며 친해졌는지 광활한 바다가 왠지 소박하게 보였다. 비틀거리면서도 멈춤을 모르고 찬란하게 부서지는 파도를 바라보았다. 여전히 발끝에 닿지 못하는 파도를 보며 나지막하게 읊조렸다.

"닿을 수 있어."

# 겨울 남해

남해의 겨울은 구슬프게 적막하기보다 아름답게 고요했다. 하늘과 바다가 경계 없이 맞닿은 동네였다. 한겨울인데도 춥다기보다는 적당히 코가 시릴 만큼 선선했는데, 마음 놓고 춥지도 못한 마을이 애틋하게 느껴졌다. 남해를 떠나올 때도 내가 거길 떠나는 게 아니라 남해를 두고 오는 기분이 들었다. 바다 옆자리에 놓고 온 남해는 잘 지내는지. 안녕한지.

남해를 찾은 건 두 번째였다. 두 번째 계절이기도 했다. 여름에 왔을 때 남해는 푸릇하고 청량했다. 사방을 내리쬐는 햇볕 아래에 있어도 바다 끝에서 불어오는 바람 덕분에 한여름의 시름이 식어가던 곳이었다. 노랑과 연두가 배경으로 깔리고 군데군데 분홍과 주황이 숨어 있어 황량함은 이곳에 전혀 들여놓을 수 없었다. 여름에도 빛깔이 있다면 이런 색깔로 칠해져 있으리라 생각했다. 한눈에 봐도 여름의 열기와 밝음이 물든 세상이었다.

그리고 다시 만난 남해. 겨울의 남해는 여름과 전혀 다른 모습이었다. 두 계절이 만든 세상은 자로 잰 듯이 반듯하게 대조적이었다. 이곳에서는 시간의 장벽이 제 역할을 톡톡히 하는 듯했다. 같은 공간이지만 견줄 수 없는 다른 세상을 구축해 놓은 것 같았다. 겨울 바다의 차분함을 마시며 해변을 거닐었다. 조금은 삭막한 거리에 있는 이국적인 이름을 가진 레스토랑 간판이 더욱 돋보이기도 했다.

겨울이 가진 분위기와 색채가 여름에 내뿜는 빛만큼 반짝이지는 않았지만, 한편으로는 빛이 없음에 되려 안온한 분위기를 느끼기도 했다. 남해에서 감각할 수 있는 겨울의 내음과 온도가 마음을 차분하게 했다.

남해의 마을은 도시와 달리 낮은 층수의 건물이 많았다. 2층짜리 건물 하나에 동사무소와 은행이 모두 들어와 있었다. 키 작은 아이를 닮은 초등학교, 손잡이가 허름해진 슈퍼마켓과 어느 주택가의 녹슬고 낡은 대문들. 마치 바닷가에서 주워온 조약돌을 나란히 줄 세워둔 것 같았다. 마을을 따라 걷다가 바다와 가까운 곳에 자리 잡은 책방을 찾았다. 한산한 시골 마을과 잘 어울리는 아담한 책방이었다. 책방에는 책을 고르는 사람들을 위해 손글씨로 적은 메모들이 가득 붙어 있었다.

"나도 그런데, 하고 마는 것에서 위로를 얻습니다."

어느 시집 위에 책방 주인의 나긋한 필체로 적혀 있던 말이었다. 그건 시집에 대한 감상이자 남해와 어울리는 말이기도 했다. 여름에 갔었던 남해를 굳이 그해 겨울에 또 찾은 건 마음이 지쳤기 때문이었다. 시끌벅적하고 요란한 위로보다는 잠시 시간이 필요했다. 그래서 아무런 말을 하지 않아도 나의 표정과 말투만 보고도 그때 나도 그랬어, 라고 말할 수 있는 동료와 함께 남해로 향했다. 가만히 돌아보면 대부분의 마음을 주고받는 관계의 시작은 나도 그랬어, 하는 한마디였던 것 같다.

그러다 오해나 앙금이 남아 있는 사람에게도 너도 그렇구나, 한 마디면 되지 않았을까 하는 생각이 들기도 했다. 그저 너는 그랬구나, 하는 마음 하나면 충분했을지도 모르는데 계속 밀어내고 뒷걸음질 친 건 내 쪽이 아니었을까. 어렵게만 생각하고 머뭇거리며 보낸 시간이 아쉬웠다.

겨울의 남해가 내게 준 모든 것들. 느리게 흐르는 시간, 날씨에 따라 바뀌는 풍경, 아침마다 마주할 수 있는 바다, 매일 밤 모닥불을 피워놓고 술잔을 비우며 나눴던 대화까지. 전부 다 간직하고 싶은 위로가 되어주었다. 내게 남해는 평온과 위안을 주는 존재였다. 내게 모질었고 그래서 껄끄러웠던 사람을 놓아줄 수 있을 만큼, 유난히 내게 노골적이었던 미움마저 잦아들게 할 만큼. 그해 남해는 내게 참 정다웠다. 겨울답지 않게 온화했다. 논밭에 쌓인 눈이 내 마음처럼 녹아가고 있었다. 마지막까지 노을을 선사해주던 남해를 떠나오며 마음속으로 인사했다. 정말 고마웠어, 남해.

# 아홉 시의 계절

햇볕에도 쉽게 상하는 머리카락이 있다. 그냥 가만히 걷기만 해도 머리카락이 쉽게 갈라지고 끊어진다는 건데, 얼마나 억울한 일인지 모른다. 머리카락을 맥없이 축 처지게 할 정도로 타오르는 여름 아래 있으면 우리의 기운도 퍽처지기는 마찬가지다. 눈이 따갑도록 내리쬐는 뜨거운 태양 앞에 서 있으니 저절로 눈이 찌푸려진다. 어느덧 8월의한여름이다.

그런데 아무리 무더운 여름이라도 뜨겁게 열을 발하는 해만 숨고 나면 얘기는 달라진다. 숨이 차게 후덥지근한 날씨라도 저녁만 되면 괜찮아진다. 아직 대지의 열기는 남아 있지만, 선선히 불어오는 저녁 바람 덕분에 견딜 만해진다. 슬리퍼를 신고 가볍게 산책을 나서기에도 나쁘지 않은 온도가 된다. 성난 태양에 가려졌던 차가운 달빛에 마음이 기운다. 괜히 이런저런 생각에 내 삶에 머물렀던 사람들이 생각나고 달의 손길을 빌려 전하지 못해 아쉬웠던 마음을 건네고 싶어진다.

저녁 아홉 시쯤이면 또 다른 계절이 된 것 같다. 거대한 밤의 그늘이 펼쳐져 사람들에게 선선한 그늘막을 선사해 주는 낭만적인 시간. 밤새 절절 끓는 이마에 누군가 올려 준 물수건처럼 다정함이 느껴진다. 가끔은 열대야 같은 방해꾼이 나타나 제 역할을 다하지 못할 때도 있지만 오후 아홉 시는 모든 이에게 쉬어갈 틈을 준다. 사람들도 종일

곤두세웠던 신경이 한풀 꺾이고 마음이 온순해지는 듯하다.

"오후 아홉 시의 계절이라 불러야지."

패브릭 소재의 가방을 왼쪽 어깨에 메고 버스에서 내리며 시계를 봤다. 오후 아홉 시가 되기 십 분 전이었다. 따갑지 않고 선선한 저녁 시간은 한낮과 분명 다른 계절 같았다. 편의점을 지나는데 어떤 이가 하얀색 비닐에 맥주와 봉지 과자를 잔뜩 담아 나왔다. 놀이터에는 못다 한 이야기를 나누는 교복을 입은 학생들이 나란히 앉아 있었다. 경비아저씨는 순찰을 나오셨는지 아파트 단지를 유유히 걷고 계셨다. 별일 없는 평범하고 평온한 저녁 풍경. 나는 지금이 또 다른 계절 같다고 소리 내어 말했다.

동네를 산책하며 가장 먼저 떠오른 친구에게 전화를 걸

었다. 남자친구가 생긴 이후부터는 통화가 잘 안 되는데, 오늘도 역시 실패다. 그러나 나와의 연결 안 됨이 다른 이와의 연결됨을 의미하는 것 같아 기분이 썩 나쁘지 않다. 괜히 핸드폰에 저장된 연락처를 훑어본다. 오랜만에 안부를 묻고 싶은 사람을 찾다가 그냥 달빛 아래 홀로 걷기를 택한다. 쓸쓸함마저 잘 어울리는 밤이니까. 밤이 만들어내는 분위기에 발걸음을 맡긴다.

차츰 흐려지는 조명이 간신히 비추고 있는 간판 아래 멈췄다. 동네 슈퍼에 있는 파란색 플라스틱 의자에 앉아 천 원짜리 막대 아이스크림을 반쯤 먹다가 다시 밤 산책을 나섰다. 공중에서 흩어질 듯 말듯한 열기와 만난 아이스크림의 냉기가 특이한 놀이를 하는 것 같다. 아이스크림이 살짝 흘러 닿은 끈적임과 여름이 내뿜는 적절한 습도가 손끝에 느껴졌다. 여름밤은 그런 계절이다. 괜히 집에 일찍 들어가기 싫은 계절. 선풍기가 빙빙 돌아가는 소리로 하루를 마무리하기엔 아쉬운 계절. 곧장 잠들기엔 아쉬울 정도로 한풀 누그러진 이 밤의 온도가 무척 반갑다.

때마침 연락이 되지 않았던 친구에게서 전화가 왔다. 통화 버튼을 누르고 누구랑 통화했어, 하고 물으며 발길을 집으로 돌렸다. 입안에서는 장난스러운 농담이 풍선껌처럼 부풀고 있다. 침대 위에서 뒤척이며 날이 새도록 수다를 떨고 싶은 밤이다. 그렇게 속삭이듯 한여름 밤이 시작된다. 또 다른 밤 산책이 시작된다.

# 심연을 걷는 법

작년 가을에 시작한 필라테스를 올해 여름까지 이어왔다. 내가 다니는 필라테스 학원은 주변에 비슷한 업종이 많아서 가격 경쟁이 붙는 바람에 엄청난 할인 행사가 진행 중이었다. 물론 이런 할인가는 여러 횟수를 끊을 때만 가능했다. 처음에는 호기롭게 30회를 결제했고 기간이 끝나기 임박했을 때 분명 이것까지만 하고 그만두려 했으나, 또다시 이루어진 대대적인 할인 행사에 이끌려 25회를 추가로 결제했다. 그 사실을 두고두고 후회하며 필라테스와 함께 네 번째 계절에 이르게 된 것이다.

리포머나 바렐 앞에서 50분을 보내는 동안은 잡념이 사라진다. 수업 시간 동안 필라테스 선생님의 음성에 몸을 맡기고 움직이다 보면 머릿속은 진공상태처럼 텅 비어 버리는 듯하다. 오롯이 뼈의 움직임과 근육의 떨림에만 집중한다. 부들부들거리며 할 수 없을 것 같은 동작에 집중하고 한바탕 움직이고 나면 몸에 깃든 내 존재가 깨우쳐진다. 정신을 비우고 신체에 집중하면 도리어 정신이 더욱 또렷하게 자리 잡는 듯하다.

"마음이 불편해서 오시는 분도 있어요."

가끔 그런 날이 있다. 머릿속에 든 고민과 물음이 지나치게 무거워 몸까지 움직이기 싫어질 때. 다 귀찮고 불필요하게 느껴져 그냥 주저앉고 싶을 때. 삶에 갑자기 끼어든 바늘 같은 존재가 나를 찌를 때. 그럴 때마다 마음에서 들끓는 괜한 상념에 집중하지 말고 신체의 움직임에 시선을 옮기는 것이 해결책이 될 수 있겠다고 생각했다.

수위가 깊은 심연에 잠긴 채로 오랫동안 살았던 것 같다. 한번 고민과 걱정이 시작되면 그게 내 머릿속을 벗어나게 하기까지 지나치게 오래 걸렸다. 이제 수면 위를 수영하듯 팔과 다리를 움직이며 살아야지. 매일매일 마음의 문을 열고 바깥으로 나서야지. 그러다 보면 무성하게 자라는 시간에서 정말 중요한 것들이 무엇인지 분간하고 그 위를 헤엄치는 힘이 덩달아 생길 것이다. 연습을 거듭하다 보면 물속에서 몸의 이동이 자유로워지듯이 마음을 불행에 함부로 유기하지 않고 계속 움직여야겠다고 결심했다.

# 하루치의 행복

"하루 중 가장 행복한 시간이 언제예요?"

하루 일과 중 가장 행복한 시간이 언제냐고 묻는다면 주저 없이 책을 읽는 시간이라고 답할 것이다. 일상이 매일 매일 축제는 아니지만 좋아하는 책 한 권이면 그걸로 하루의 행복을 충분히 누릴 수 있다. 주말이면 책상 위에 읽다가 만 책들을 차곡차곡 챙겨서 몸통만큼이나 커다란 쇼퍼

백 안에 넣는다. 책의 이름을 살펴보거나 표지의 분위기를 살피며 읽기를 준비하는 순간에는 늘 서정적인 마음이 되고 만다. 책을 읽는 건 어느 사람의 생을 마주하러 가는 것과 같기에.

잠들기 전에 읽기 좋은 책, 카페에서 집중하며 읽고 싶은 책, 꼼꼼히 후기를 적어 소개해야 할 책이 각기 달라서 한 번에 여러 권의 책을 읽는 것을 좋아한다. 게다가 손만 뻗으면 언제든 책을 읽을 수 있도록 하다 보니 침대나 책상 옆에 올려둔 책과 가방마다 들어 있는 책도 매번 다르다. 그렇게 한 권의 책이 내 손을 타는 시간이 늘어난다.

마음에 들게 찍은 책 사진 하나에도 기분이 밝아진다. 책의 내용뿐만 아니라 디자인이나 재질을 포함한 책이라는 물성 자체에 마음을 단숨에 빼앗긴다. 오늘은 우연히 챙겨온 책들이 모두 보라색 표지라는 사실에 도통 알 수 없는 웃음이 지어졌다. 설마 책이 귀여워 보이는 경지에 이른 건 아니겠지. 마치 살아있는 것에 이름을 붙여 호명하듯이 책들을 소리 내어 불러보고 싶어진다. 표정도 없이 무심한 책들이 미소를 짓고 고개를 끄덕이며 대답하는 듯하다.

삶의 불안 요소를 너무 담아두고 사는 건 아닐까 하는 우려와 불안이 찾아올 때마다 책에 의지했다. 책을 들고 다니면서 읽고 생각한 내용을 정리하는 시간이 이제는 없어서는 안 될 나의 일부가 되었다. 지구를 맴도는 달처럼 내 안의 밝은 테두리가 되어 새겨진 책의 말들. 앞으로도 일상의 비좁은 틈새로 꿈을 밀어 넣기로. 책을 읽으며 사라지지 않을 감정과 마음을 새기고, 무구한 희망을 쓰며 살아야겠다고 담담하게 기록했다.

# 청춘을 낭비하자

책방에는 손님들의 모습을 비출 수 있는 커다란 거울이 있었다. 책방이 반영된 거울에는 책방지기가 좋아하는 책의 구절을 고유한 필체로 적어두었다. 거울에 적힌 글귀는 매번 내 마음을 울렸다. 책들이 살아 숨 쉬는 듯한 공간에 적힌 문장은 왠지 더 생경하고 또렷한 울림을 주는 듯했다. 이번에 거울에서 반짝이는 글귀는 박완서 작가님의 소설『그 남자네 집』의 한 문장이었다.

"그래, 실컷 젊음을 낭비하려무나. 그게 영원히 네 소유가 되는 건 아니란다."

젊음은 소유할 수 없으니 실컷 낭비하라는 소설의 한 구절. 내게 주어진 젊음도 삽시간에 저물 수 있다는 사실을 실감하게 된 순간이 있었다. 서른이 될 즈음이었다. 인생에서 계속될 것만 같았던 이십 대가 끝이 났고 서른이라는 나이가 마치 청춘의 끝자락처럼 찾아왔다. 삶 전체가 금방 사라질 것 같아 겁이 나던 때가 있었다. 젊음이 시들어가는 시기에 찾아온 공허함이 쉽게 사라지지 않았다. 이런 생각을 하기엔 조금은 이른 나이인 줄 알면서도 그랬다. 그저 젊다는 이유로 지녔던 기회와 시간이 이제 무한하지 않다는 게 조금은 불안하기도 했다.

아직 시간이 많다고 생각해서 자꾸만 뒤로 물러서고 머뭇거리던 때가 생각났다. 제자리걸음만 반복하는 동안, 용기를 내지 못해서 앞으로 나아가지 못하는 동안에 인생은 기다려주지 않았다. 거울에 적혀 있던 소설의 문장처럼 젊음은 아껴둔다고 해서 소유할 수 있는 것이 아니었다. 그렇기에 간절히 바라고 희망하는 것이 있다면 미루지 말고 바로 시작해야 한다. 젊음을 아낌없이 낭비하라는 말은 젊음을 핑계 삼아 안심하고 게으르게 살라는 뜻이 아니었다. 젊기에 가질 수 있는 마음을 아끼지 말고 소진하라는 의미였다.

청춘을 대하는 마음이 지금보다 약간은 경솔해도 괜찮을 듯했다. 레몬 케이크를 먹으며 청춘이라는 싱그러운 단어도 포크로 찍어서 입안으로 넣었다. 청춘을 꼭꼭 씹어 삼키며 생각했다. 젊음을 낭비하고 허비하기 위해 무엇을 시작해야 할까. 우리가 지닌 찬란한 젊음은 언제까지 계속되지 않을 것이다. 그러니 언제까지나 영원하지 않을 오늘에 최선을 다해야겠다고, 후회나 미련 없이 청춘을 탕진하자고 다짐했다. 이날 책방에 모여 만난 젊은 사람들과 거울에 쓰인 이 말을 몇 번이나 읊조렸다. 그래, 우리가 소유한 젊음을 실컷 낭비하자.

# 문장의 품

원인을 찾자면 바로 어제, 어제가 문제였다. 나에게 좋은 의도로 조언해주는 말도 괜한 간섭으로 들렸다. 사실은 조언이 아니라 그냥 본인 눈에 거슬리는 일을 지적하고 싶었던 것 같기도 하고. 누구라도 그 정도는 안다. 나를 마음으로 걱정하고 아껴서 하는 말인지 그게 아닌지쯤은. 그런 의뭉스러움은 누구라도 단숨에 구분할 줄 안다.

그게 뭐였든 어제는 내 인생에서 하루쯤 삭제할 수 있다면 고민도 하지 않고 지워버리고 싶은 날이었다. 세수를 하듯 가뿐하고 말끔하게. 어제는 서럽다는 감정이 일기장의 제목처럼 따라다녔다. 자꾸만 눈동자가 바닥을 향했고 고개는 저절로 힘없이 떨어졌다. 어쩐지 이번 주는 엄마한테서 먼저 전화가 여러 번 왔다. 딸에게 속상한 일이 일어나고 있다는 것을 어떻게 감지했는지. 무뚝뚝한 엄마가 나보다 먼저 핸드폰을 들고 내 전화번호를 찾아 전화를 걸었을 과정이 왜 이렇게 미안하고 서글플까.

언젠가부터 사는 게 마음대로 되지 않는 날이면 글을 썼다. 글을 쓰는 건 마음을 그리는 일과 닮아 있었다. 내 기분이 어떤 상태인지, 왜 이렇게 됐는지, 무얼 해야 나아질 것인지 같은 복잡한 내면을 바깥으로 드러내는 일이기도 했다. 눈으로 볼 수 없는 마음을 보이게 해두면 안심이 되었다. 내 마음이 어떤 빛깔이고 질감인지 제대로 확인

할 수 있었다. 그러고 나면 못나고 까칠한 부분을 다듬기가 수월해졌다. 글을 쓰는 사이에 어지럽게 늘어놓았던 감정과 기분도 차차 정돈되었다. 미처 헤아리지 못한 내밀한 부분까지 먼지를 털어내듯이 탁탁 털어놓았다.

"글에도 사람처럼 품이 있는 것 같네."

어제처럼 속상한 날은 살면서 언제라도 반복되겠지. 앞으로도 살면서 마주하게 될 괴롭고 서러운 순간들. 관계가 어그러지거나 마음이 상하고 따가울 때, 나를 부정당한 것 같아 풀이 꺾이고 어디론가 숨고 싶은 날, 그런 시간에 굴하고 주저앉지 않기 위해서라도 글을 계속 써야겠다고 생각했다. 오늘도 컴퓨터 화면의 하얀 창에 자판을 눌러 검은색 글씨를 채워가는데 새하얀 눈밭에 들꽃을 차곡차곡 심는 마음이 든다. 검은색 꽃들은 찬찬히 자라서 알록달록한 빛으로 새로이 피어날 것이다. 나와 같은 사람들에게 또 다른 꽃씨가 되어줄 것이다. 그러고 보니 글은 또 하나의 품이 되어 읽고 쓰는 사람의 곁을 지켜주는 듯하다.

# 쓰다듬듯 말하다

어떤 글은 표현이 아름답다는 이유로 읽고 싶어진다. 글의 분위기에 압도된다고 해야 할까. 문장이 마치 살아 있다는 듯이 숨결을 내뿜는다. 그런 글을 만날 때면 실제로 닿고 싶은 마음이 생기기도 하는데 인쇄된 글자 위에 손을 대고 흔적 없는 손자국을 남기기도 한다. 그런 책은 엄청난 스토리로 이목을 끌지 않아도, 인생의 굉장한 깨달음을 주지 않아도 책을 다시 펼치게 만든다. 글자들은 글을 읽는 사람에게로 뚜벅뚜벅 걸어와 마음을 두드리고 동시에 작가의 마음을 헤아리게 만든다.

"쓰다듬듯이 말씀하셔서."

어떤 이는 책의 감상을 이렇게 말했다. 쓰다듬듯이 글을 쓴다고. 이 표현을 듣는 순간 시골길에 앉아 햇볕을 덮고 졸고 있는 강아지가 떠올랐다. 연약하고 작은 존재를 소중히 여기는 마음이 담겨 있는 말이었다. 어느 날 밤을 꼬박 새워 책 한 권을 다 읽은 적이 있었는데 별이 흩어지고 해가 솟아오를 때까지 시간이 흐르는 줄 몰랐다.

세상이 백색의 무지 노트라면 그 위에 모아둔 글감을 가지런히 올려두고 싶었다. 글을 쓰면서 좋은 건 일상에 놓인 행복을 더 열심히 찾게 되었다는 것이었다. 글을 쓰기 위해 단어를 고르고 찾는 일 역시 일상을 반짝이게 만드는 방법이기도 했다. 그래서 글을 쓰는 동안은 보물찾기하는 어린아이가 된 것처럼 이미 눈빛에 보물이 한가득 담긴다. 글쓰기는 그 자체가 매일의 선물이 된다.

불행의 모서리에 서 있는 듯 가슴이 답답한 일도 한바탕 글로 풀어내고 나면 괜찮아졌다. 아무리 찾아도 기쁨이나 즐거움이 없는 날에는 부지런히 그런 마음을 만들기 위해 애쓰기도 했다. 그러다 보면 무미건조하고 별거 없는 나의 하루를 긍정하고 옹호하게 되기도 했다. 단지 글을 썼다는 이유 하나로 세상은 나를 다른 국면으로 들여다 놓았다. 시간에 의미 없이 전전하거나 하루를 대충 해치우는 게 아니라 최선을 다해 오늘을 해석하게 만드는 일. 막다른 곳에 다다랐을 때도 주저앉지 않고 어딘가로 새롭게 진입할 수 있도록 해주었다.

글쓰기는 세상에 없던 하나의 고유한 대상을 만드는 일

인 듯하다. 이대로 이름을 붙여 어딘가에 고이 두고 간직하고 싶은, 그래서 가끔 부르면 그대로 다시 안겼으면 하는 순간들. 해묵은 마음으로 남거나 소리 없이 부서지지 않도록 두 손으로 기억의 여운을 쓰다듬듯 기록한다. 앞으로도 글쓰기를 놓지 않아야지. 삶의 소중한 순간을 예쁘게 추억하는 일을 멈추지 말아야지 했다.

# 결과가 곧 행복은 아니니까

책을 출간하고 일 년이라는 시간이 흘렀다. 처음에는 멀게만 두었던 꿈이 현실이 되었다는 게 믿어지지 않았다. 내심 단 한 권의 책으로 유명작가가 되는 드라마 같은 일을 기대하지 않았던 건 아니다. 오래 그려왔던 꿈이기에 그런 엄청난 것들을 누군가에게 들키지 않을 만큼만 몰래 상상하기도 했다. 그러나 기적 같은 일은 쉽게 찾아오지 않았다. 하긴 내가 쓴 글은 나에게나 의미가 있겠지, 남에게는 그저 사사롭기만 한 것이겠지, 하며 조금은 실망한 날이 있기도 했다고 처음으로 고백한다.

그런 행운이 내 삶에 가볍게 찾아오지 않은 건 어쩌면 다행일지도 모른다. 실력과 재능이 텅 빈 채로 부풀려진 삶은 처음에는 반갑고 달콤하겠지만 다음에는 나 자신도 감당할 수 없게 될지도 모르니. 때마침 불어온 바람을 타고 공중에 띄워져 어쩔 줄 모르는 풍선이 된 나를 떠올리자면 아찔하다.

김영민 교수는 『인생의 허무를 어떻게 할 것인가』라는 책에서 "내가 산책을 사랑하는 가장 큰 이유는 산책에 목적이 없다는 데 있다."라고 했다. 인생의 의미를 덜어낼 때 오히려 인생을 더 즐기며 살게 되는 아이러니에 대해 생각해본다. 그 말은 인생은 허무한 것이니 목적 없이 살라는 것이 아니었다. 목적을 갖지 말라는 말 역시 아니었다. 목적뿐만 아니라 선의, 희망, 의미가 없어도 삶은 그저 삶 자체일 뿐이라는 것. 그런 대단한 것들이 있어도 혹은 없어도 그와 상관없이 산다는 것에 집중할 것. 기쁘지도 슬프지도 않은 중립의 상태를 영위하라는 말이기보다 어떤 감정이 찾아오더라도, 무엇을 맞이하더라도 흔들릴 필요 없다는 말에 가까웠다.

진정한 마음의 행복은 무엇을 해서 얻어지는 게 아니라는 것, 그러니 인생에 어떤 일이 생기더라도 평정심을 가질 것. 대단한 보상이나 타인의 인정이 따르지 않아도 또는 따라오더라도 삶은 그 자체로 삶일 뿐이라는 것. 행복은 조건을 충족해서 얻어지는 것이 아니라 행복할 줄 아는 사람에게 찾아오는 선물 같은 존재이기에. 삶을 그 자체로 동경하고 사랑할 줄 알아야겠다.

인생의 주인공인 내가 마음만 먹는다면 삶은 언제든 쓰

고 지우고를 반복할 수 있다. 글쓰기 역시 삶 자체를 사랑하는 일부터 시작되어야 한다고 믿는다. 부족해도 괜찮다고, 아쉬움이 남아도 상관없다고, 내게 주어진 시간과 관계와 마음을 기록하는 일을 계절의 순환처럼 멈추지 않겠다고 완고히 다짐했다.